Siegfried Binder

Gefangen im Netz der Macht

Politthriller

Die Handlung dieser Erzählungen sowie die darin vorkommenden Personen sind frei erfunden, eventuelle Ähnlichkeiten mit realen Begebenheiten und tatsächlich lebenden oder bereits verstorbenen Personen wären rein zufällig.

Bibliografische Information der Deutschen Nationalbibliothek
Die Deutsche Nationalbibliothek verzeichnet diese Publikation in der Deutschen Nationalbiografie; detaillierte bibliografische Daten sind im Internet über http://dnb.d-nb.de abrufbar.

© 2017 Siegfried Binder
Herstellung und Verlag: twentysix Verlagsgruppe Random House
Satz, Layout: Ross Werbedesign, Soest
Titelbild: © Cavan Social - Fotolia.com

ISBN 9783740730482

Die Geschichte beginnt in Göhrendorf, einem Ort, der bis 1946 etwa sechshundert Einwohner hatte, und im alten Kreis Querfurt in Sachsen- Anhalt angesiedelt ist. Ehemals waren dort zwei Großbauern mit prächtigen Häusern und Höfen und etwa zwanzig kleine und mittelgroße Bauern mit ihren Familien ansässig, deren Häuser und Stallungen festungsartig durch hohe Mauern und eisenbeschlagene Tore gesichert waren. Und so waren auch die Menschen. Misstrauisch, abweisend, verschlossen. Sie traten grobschlächtig auf und schienen gemütsarm zu sein. Sie alle lebten von der Landwirtschaft. Die Löss-Schwarzerde mit ihrem hohen Ertragspotential hatte im Laufe der Zeit den Bauern einen bescheidenen Wohlstand beschert. Die Landschaft ist flachwellig, die höchste Erhebung in dieser Gegend ist der Barnstädter Huthügel mit 244 m über Normalhöhe. Die meisten Gehöfte lagen in der Zeit, von der hier zunächst berichtet wird, an der gepflasterten Hauptstraße, so auch das Gemeindebüro und das für damalige Verhältnisse imposante Schulgebäude. Der zweite Weltkrieg hatte auch hier Wunden geschlagen und Leid hinterlassen.Und nun, nach dem Kriegsende, fielen sie wie Heuschrecken ein. Die Vertriebenen, vor allem aus Schlesien. Es waren überwiegend Mütter mit ihren Kindern, Alte und Kranke. 327 Seelen. Ausgezehrt, misshandelt, missbraucht, Angst und Entsetzen der Vertreibung noch ins Gesicht geschrieben. Die Schreckensbilder hatten sich bei den Kindern tief in ihre Seelen eingegraben. Erst im hohen Alter dieser

Menschen wurden die Bilder ihrer Vertreibung wieder lebendig und sie wagten es, sie aus den dunklen Gräbern des Verschweigens an das Licht des Tages zu heben. Da lag die Zeit ihrer Kindheitserlebnisse hinter allen sieben Bergen und was sie zu erzählen hatten, hörte sich an wie ein Märchen aus vergangener Zeit. Jetzt aber galt es für die Erwachsenen, das Leben zu sichern. Sie besaßen so gut wie nichts und litten unausgesprochen unter der Schuld, sich die räuberischen Eroberungspläne der Nazis zu eigen gemacht zu haben. Die Einheimischen sollten das Wenige, das ihnen verblieben war, mit den Ankömmlingen teilen, ihnen Brot geben und Unterkunft gewähren. Das ging nur mit Zwang. Dabei fielen böse Worte und das verstärkte gegenseitige Ablehnung und Feindschaft.

Frau Kröne wurde mit ihren zwei Kindern Hubert und Horst bei einem Bauern in eine Abstellkammer mit einem Tisch und einem Kanonenofen gezwängt. Sie schliefen auf Strohsäcken und waren dankbar dafür. Der Bauer gab ihr und den Kindern zu essen, sie arbeitete für ihn als Magd und wechselte bald als Arbeiterin in den Braunkohlebergbau nach Mücheln. Am 14.01.1944 hatte man ihr unter der Feldpost-Nr. 44 427 K mitgeteilt, dass ihr Mann durch hinterhältige Minenverlegung der Banditen auf der Straße von Glinno nach Dokchyze am 12. Januar 1944 im Kampf um die Freiheit Großdeutschlands in soldatischer Pflichterfüllung, getreu seinem Fahneneid für Führer, Volk und Vaterland, gefallen sei. Sie glaubte nicht daran und hielt die Todesmitteilung zeitlebens für einen Irrtum.

Hubert war acht Jahre alt, Horst sieben. Auf der Flucht hatten sie gelernt, wie man das eigene Überleben organisiert. Die Gutsbesitzer von Göhrendorf waren auf Befehl der sowjetischen Militäradministration enteignet und kaserniert worden; der von Hochheim wurde kurzer Hand von den neuen Herren erschossen. Wenig später stellte sich das als Versehen heraus, denn er war aktives Mitglied des Widerstandskreises gegen das NS-Regime um von Stauffenberg gewesen. Man machte aus der Erschießung kein großes Aufsehen, entließ seine Familie als Wiedergutmachung umgehend aus dem Internierungslager, die sich auch sofort in den Westen absetzte. Hubert und Horst nutzten die Gelegenheit und plünderten deren verlassenes Anwesen, wie es andere auch taten und eigneten sich begehrenswerte Dinge wie Malstifte, Murmeln und Brettspiele an. Die Erwachsenen bevorzugten nützlichen Hausrat. Der aufgeschweißte Tresor war zur Enttäuschung der Plünderer leer. Den Vorbildern nachahmend, stahlen Krönes Buben von den Bauern Eier, Früchte, Feuerholz und holten, wenn es dunkelte, aus den Taubenschlägen die flügge gewordenen Jungtiere. Mutter Kröne schwieg dazu, briet die Täubchen, ohne Fragen zu stellen. So genossen die Knaben den "Vorteil", keinen Vater zu haben, der sie bei Fehlverhalten hätte bestrafen können und eine Mutter, die von morgens bis abends beim Bauern schwer arbeitete und Erziehungsaufgaben nur eingeschränkt wahrnehmen konnte. Die Kinder lebten nach eigenen Gesetzen.

Schlossen sich einer Gruppe von älteren Jungen an, von denen die meisten ungepflegt, schlecht genährt und ausgezehrt waren, die aber der Clique des Nachbardorfes den Krieg erklärt hatte und sich mit ihr wilde Schlägereien lieferte. Im Nahkampf bewarf man sich mit Steinen und schlug mit Fäusten, Latten oder Eisen aufeinander ein. Man schoss mit aufgelesenen Handfeuerwaffen, die von den fliehenden deutschen Soldaten in Gräben, in den Dorfteich oder auf die Müllhalde geworfen worden waren, im Wäldchen auf Bäume und andere Ziele und hatte großen Spaß daran. Sie versteckten sich in einer abseitigen, halbverfallenen Knechtskate, schmiedeten dort die nächsten Räubereien, rauchten heimlich getrocknete Blätter und vergnügten sich mit gefährlichen Experimenten. Was sollte aus diesen Verwilderten nur werden? Anständige Bürger, die sich dem Recht unterordnen? Niemals. Viele Erwachsenen klagten darüber und sahen für die Zukunft schwarz.

Das ungezügelte Treiben der Nachkommenschaft erstreckte sich über ein halbes Jahr und fand sein Ende, als ein Junge eine Handgranate zündete, zu spät fortschleuderte und ihm dabei der rechte Arm abgerissen wurde. Die Erwachsenen erschraken gewaltig und sorgten dafür, dass von einem Tag zum anderen zum Leidwesen der Kinder Recht und Ordnung im Gemeinwesen durchgesetzt wurde. Sie mussten frühmorgens zur Schule, hatten in der kalten Winterzeit ein Brikett oder ein Scheit Holz mitzubringen, damit der Klassenraum geheizt werden konnte. Mittags nahmen sie durchweg an der Schulspeisung teil. Nachmittags wurden fast alle Schüler für landwirtschaftliche Arbeiten eingesetzt. Je nach Jahreszeit zum Schnee schippen, Rüben ziehen, Gänse hüten, Garben binden, Kartoffeln lesen, ausmisten.

Hubert war ein bestimmender, aktiver und zupackender Junge, Horst war in seinem Wesen zurückhaltend, besonnen und verträumt. Wenn Städter ins Dorf kamen, um bei den Bauern gegen Schmuck, Kunst oder Weißware Kartoffeln, Mehl, Getreide, Wurst oder Schinken einzutauschen, ertrug er das Bitten und Flehen dieser Menschen nicht. Er versteckte sich. Hubert dagegen stand mit einem Handwägelchen bereit, für eine Reichsmark Lasten wie Kartoffeln oder Getreide für die erfolgreicheren " Bettler" aus der Stadt zum Bahnhof zu fahren.

II

Im Dorf arrangierte man sich mit der Zeit mit den neuen politischen Gegebenheiten. Das Leben fand zu einem geregelten Lauf zurück. Unruhe kam auf, als den Erwachsenen Fragebögen vorgelegt wurden, die sie mit ja oder nein zu beantworten hatten. Zunächst wurden die Personalien abgefragt und dann wurde penibel nach kritischen Daten geforscht:
Waren Sie eingeschriebenes Mitglied der HJ?
Waren Sie eingeschriebenes Mitglied der NSDAP?

Waren Sie bei der SS oder der SA aktiv tätig?
Waren Sie während der Nazizeit politisch engagiert?
Falls ja, sind Sie zur Mitgliedschaft gezwungen worden?
Haben Sie sich offen oder verdeckt am antifaschistischen Widerstand beteiligt?
Sind Sie während des 3. Reiches aufgrund Ihrer politischen Überzeugung verfolgt worden?
Sind Sie Mitglied oder Sympathisant der KPD oder der SPD?
Begrüßen Sie die Befreiung vom Faschismus durch die Rote Armee?
Sind Sie bereit, am Aufbau eines demokratischen Deutschlands mitzuwirken?

Es gab noch viele weitere Fragen, die die Dörfler beantworten mussten. Jeder log, so gut er konnte, keiner wurde denunziert. Alle atmeten auf, als veröffentlicht wurde, dass es im Dorfe zwar Mitläufer, aber keine überzeugten Nazis gegeben hatte und alle Bewohner als entnazifiziert eingestuft worden seien. Von den Einheimischen konnte sich auch kein Mensch an faschistische Umtriebe erinnern, von den braun getönten Volksfesten und Feiertagsreden abgesehen. Im Grunde sei jeder im Inneren Antifaschist gewesen. So verwunderte es auch niemanden, dass sich der ehemalige Parteisekretär der NSDAP als geheimer Widerstandskämpfer offenbarte und zum Bürgermeister des Ortes berufen wurde. Er führte ein strenges Regime ein und zeigte sich unnachsichtig gegenüber antisowjetischen und revisionistischen Tendenzen im dörflichen Bereich. Zwar munkelte man im Dorfe so manches Zweifelhafte über ihn, was ihm aber keinen Schaden antat. Im Gegenteil. Der Zulauf zur KPD und der wohlgelittenen SPD war groß. Zur ersten Amtshandlung des Bürgermeisters gehörte, dass er eine Dorfversammlung einrief mit der Absicht, das träge Volk in Schwung zu bringen und für die neue Zeit zu begeistern. Er war klein und dünn mit einem gewaltigen Bierbauch, stellte sich deshalb auf ein Podest und rief mit piepsiger Stimme aus aller Kraft:

„Liebe Volksgenossen, ich begrüße Euch zur ersten Zusammenkunft der Einwohner von Göhrendorf nach der Befreiung vom Faschismus durch die siegreiche Sowjetarmee und ihren genialen Führer Stalin. Er lebe hoch, hoch, hoch."

Er streckte seine Arme in die Höhe, doch kein Zuhörer tat es ihm gleich. Ohne den Mut zu verlieren, fuhr er fort:

„ Ihr seid jetzt frei von den Fesseln der Knechtschaft. Unsere Neubürger aus Schlesien und Ostpreußen konnten der Ausbeutung und Herrschaft der Junker entrinnen und sind zu uns gekommen, um gemeinsam mit allen demokratischen Kräften ein neues Deutschland aufzubauen. Sie werden das Land der enteigneten Gutsbesitzer erhalten, 25 ha pro Familie, ohne Ausbeutung fürchten zu müssen. Es lebe die Freiheit, es lebe die Gerechtigkeit, es lebe der freie Bauer auf seiner eigenen Scholle, es lebe das neue Deutschland."

Er hielt inne und wartete auf den Beifall seiner Zuhörer.

Aber nein, kein Bravo, kein Zuruf, kein Händeklatschen. Welch stumpfsinniges Volk. Wie konnte man dieses Landvolk wachrütteln und aus seiner Lethargie reißen? Da sah er eine rote Fahne, ergriff sie, schwenkte sie weit ausholend über seinen Kopf und stimmte mit hoher Stimme mangels einer neuen, die alte Nationalhymne an: „Deutschland, Deutschland über alles, über alles in der Welt…" Die Versammelten blieben still, er fühlte alle Augen auf sich gerichtet. Er unterbrach seinen Gesang nach der Strophe „ Von der Maas bis an die Memel, von der Etsch bis an den Belt." Gelächter brandete auf und ihm dämmerte, dass er etwas falsch gemacht hatte. Er verkündete flugs, die Kundgebung sei beendet. Immerhin. Die Vertriebenen erhielten nach wenigen Wochen das versprochene Ackerland, bauten sich in Eigenregie kleine Häuser und lebten fortan wie die ansässigen Dorfbewohner im Wechsel der Jahreszeiten und im Rhythmus von Arbeit, Liebe und dörflicher Gesellighkeit. Sie ließen gleichgültig die sozialistischen Parolen über sich ergehen, erfüllten murrend das auferlegte Ablieferungssoll für ihre landwirtschaftlichen Produkte und hintergingen wie zu allen Zeiten listig die staatlichen Eintreiber. Klagten über Missernten, bunkerten Getreide und schlachteten in aller Heimlichkeit ihre Schweine.

Im Leben von Hubert gab es nur wenige aufregende Ereignisse. Der Unterricht an der Volksschule wurde von einem Altlehrer und drei Junglehrern bestritten, die nicht älter als neunzehn Jahre und politisch unbelastet waren und in einem halbjährigen Schnellkurs ihre pädagogische Qualifikation erlangt hatten. Ihnen fehlte zwar fachliches Wissen und praktische Erfahrung, aber ihr pädagogisches Engagement und ihr politisches Bewusstsein kompensierten ihre Defizite, von denen Hubert sehr bald ein Lied singen konnte. Als sich vier Jahre nach Kriegsende Kommunisten und Sozialdemokraten zur Sozialistischen Einheitspartei Deutschlands brüderlich vereinigten, trat die Lehrerschaft solidarisch der neu gegründeten Organisation bei und vermittelten den Kindern mit Pathos die Weltsicht der neuen Obrigkeit. Wir lernen von der siegreichen Sowjetunion unter Führung des großen und genialen Stalin, die klassenlose Gesellschaft zu errichten, um den Menschen ihren Zukunftstraum von Wohlstand und Glück zu erfüllen. Im kapitalistischen Westen werden die Menschen unterdrückt, ausgebeutet und in einen neuen Krieg geführt. Seid wachsam. Der Sozialismus wird siegen, der Kapitalismus wird untergehen. Horst war von den geschilderten Widersprüchen von Reichtum und Armut, von Herrschaft und Knechtschaft, von Prassertum und Hungerleid im kapitalistischen Westen Deutschlands beeindruckt. Er und sein Bruder gehörten zu den Wenigen, die im Sommer barfuß und im Winter in Holzklotschen herumliefen, die sich von Kleiderspenden beschämt fühlten und in Jutesäcken ihre Schulbücher transportierten. Horst übernahm das Ideal einer zukünftigen kommunistischen Gesellschaftsordnung in sein Denken und das mit Herzensglut.

Ganz anders Hubert. Intelligent, kritisch und weltoffen, gesellte er sich frühzeitig zu den Unbotmäßigen und Aufsässigen. Die Mutter ermahnte ihn oft, er versprach Wohlverhalten und sie glaubte ihm und seinem treuherzigen Lächeln. Seine blauen Augen blickten sanft und freundlich, selbst wenn er widersprach. Er hinterfragte alles und vertrat, Gott weiß warum, unverhohlen konservative Überzeugungen, ohne sich dessen bewusst zu sein. Liebe deinen Nächsten, vergib und tue Gutes, sei barmherzig. In ihm brannte die Sehnsucht, eines Tages gut beschuht und schön bekleidet zu sein. Von Natur begnadet, schien es undenkbar, dass sich seine Grundhaltung verändern könnte. Weil er sich geweigert hatte, den Schüler zu benennen, der mit einem Ball versehentlich eine Fensterscheibe der Wohnung eines Lehrers eingeworfen hatte, erhielt er fünfzehn Rutenhiebe, eine durchaus übliche, im Dorf allgemein akzeptierte, wenn auch sehr harte Strafe. Schläge hätten noch Keinem geschadet, aber Jedem das Gewissen geschärft. Bei der Strafprozedur wuchs mit jedem Hieb Huberts Überzeugung, dass es Unrecht sei, mit Gewalt den Widerstand eines Menschen zu brechen. Fortan beobachtete er mit seinen großen Augen still seinen Strafvollstrecker, Lehrer Schindel. Herr Schindel unterrichtete Russisch und Mathe. Hubert und Horst waren in Schlesien mit einer russischen Magd aufgewachsen, für die Buben eine zweite Mutter, die mit ihnen nur Russisch sprach. Herr Schindel war selbst noch Lernender und seinen Schülern in Russisch nur zwei

Lektionen des Lehrbuchs voraus. Wenn er einfachste Sätze in Deklination, Konjugation oder Betonung falsch vorsprach, wiederholte sie Hubert korrekt. Das versetzte Schindel in Missmut und Zorn und er begann, Hubert zu schikanieren. Als Hubert auf die Lehrbuch bezogene Frage, wer das Fenster geöffnet habe, antwortete, das Fenster (okno) sei von der Mutter geöffnet worden und das O phonetisch richtigerweise als A aussprach, konnte Schindel nicht an sich halten: "Ihr primitives Bauernvolk, ihr fresst Spatzen zu Mittag, grunzt wie Schweine und könnt ein o nicht von einem a unterscheiden. Setz dich, fünf."
Von nun an hielt es Hubert für angebracht, sein besseres Wissen für sich zu behalten. Saß still auf seinem Platz, verfolgte aufmerksam das redliche Bemühen seines Lehrers und schüttelte kaum bemerkbar verneinend seinen Kopf, wenn Schindel sein holpriges und falsches Russisch zum Besten gab. Schindel fühlte sich dann gedemütigt und glaubte zu bemerken, dass dieser Bengel seine Schmach genoss. Mit jeder Unterrichtsstunde stieg seine Verbitterung, er deutete selbst unverfängliche Bewegungen von Hubert als Hohn, tigerte dann im Klassenzimmer angespannt auf und ab, verlor gelegentlich seine Beherrschung, wies mit ungezügelter Gestik auf die Tür und brüllte mit sich überschlagender Stimme:
„Hubert, Du störst wieder einmal den Unterricht. Raus."

Hubert suchte zunehmend die Einsamkeit auf und entwickelte sich zur Leseratte. Am meisten hatten es ihm die Karl May Bücher angetan. Er verstand es, mit viel Geschick sich von allen möglichen Leuten die Abenteuerromane des Autors auszuleihen und verschlang sie, wann und wo er es immer konnte. Seine Leidenschaft blieb seinen Klassenkameraden nicht verborgen. Unter dem Vorwand, ihm einen gefangenen Fuchs zeigen zu wollen, lockten sie ihn in eine Scheune, überfielen ihn dort und fesselten ihn. Sie drohten ihm, ihn nicht eher frei zu lassen, bis er ihnen die Abenteuer von Old Shatterhand erzählt habe. Er tat es mit Vergnügen, denn insgeheim lechzte er nach Ruhm und Bewunderung. Er steigerte sich dabei in eine eigene Fantasiewelt. Schilderte Kämpfe, Siege, Niederlagen; flüsterte, schrie, beschwor und flehte, lachte und weinte mit seinen Figuren. Er riss seine Zuhörer mit sich und entführte sie in eine Welt, die der Wahrnehmung entrückt ist, aber nicht der Seele. Die Zusammenkünfte der Jungen wurden von den Erwachsenen ungern gesehen. Die Jungen ließen sich davon nicht abhalten, weil Huberts Fantastereien sie aus dem Grau des Tages rissen und ihren diffusen Sehnsüchten Inhalt gaben. Hubert begriff, welche Macht Worte über Menschen haben und verstand, dass Menschen sich gern betrügen lassen, weil die gemalte Fiktion schöner ist als die brutale Realität.
Die Stunde der Genugtuung kam für Schindel schneller als erhofft. Wie alle Schüler war Hubert ein Junger Pionier und hatte sich entschieden, sein gesellschaft-

liches Engagement durch Mitwirkung in der Theatergruppe unter Beweis zu stellen. Für den Jahrestag der Befreiung vom Faschismus übte der Altlehrer mit dem Theaterensemble ein von ihm verfasstes Theaterstück ein, das die Befreiung der Bauern aus der Knechtschaft der Großgrundbesitzer beinhaltete. Hubert sollte den Großgrundbesitzer spielen, sein Freund Klaus einen sadistischen SS-Mann. Hubert personifizierte den zukunftsweisenden Fortschritt, sein Freund Klaus den faschistischen Reaktionär. Um dies kenntlich zu machen, sollte Klaus eine rote Armbinde mit weißem Hakenkreuz tragen und es mit Kreide auf den Stoff malen, denn es gab im ganzen Dorf keine faschistischen Armbinden mehr. Auf dem Nachhauseweg trotteten die Freunde neben einander, diskutierten und konnten sich nicht einigen, wie ein Hakenkreuz aussieht. Ob das Kreuz links oder rechts abgewinkelte Arme habe. Um das Problem anschaulich zu klären, malten sie mit weißer Kreide auf Hauswände und Mauern von der Schule bis zum Elternhaus von Klaus eine Vielzahl des Nazisymbols, mal mit linken, mal mit rechten Winkeln. Künstlerisch wenig gelungen, in der Aussage aber eindeutig. Im Dorfe machten die Schmierereien schnell die Runde, man sprach gar von Aufruhr, Geheimbündelei und Konterrevolution. Die Übeltäter konnten schnell ausfindig gemacht werden, ihre Eltern wurden nach wenigen Stunden von der Staatssicherheit verhaftet und verhört, ihre Wohnungen durchsucht. Sie gaben sich erstaunt und unwissend, leugneten beharrlich jedwede Form von

Anstiftung und Tatbeteiligung, spielten die Unschuldigen, kurz, legten das übliche Täterverhalten an den Tag und waren weder zu Einsicht noch Geständnis, geschweige zu Reue und Schuldbekenntnis zu bewegen. So überführen sich Schuldige selbst nach gängiger Kriminalerfahrung. Dabei war die Beweislage sehr eindeutig, denn Schindel hatte geschworen, dass bei der Theaterprobe von einem Hakenkreuz nie die Rede gewesen und im übrigen ihm Hubert wiederholt mit neofaschistischen Redensarten aufgefallen sei. Hubert und Klaus wurden in die nahegelegene Kreisstadt gefahren und dort von einem Spezialisten kindgerecht vernommen. Die Befragung wurde wörtlich protokolliert.

„Also, wer hat Euch zu dieser Provokation angestiftet?"

„Das war der Parteisekretär."

Der Verhörende konnte ein triumphierendes Lächeln nicht unterdrücken.

„Aha, Partei. Wisst Ihr, wann diese Partei gegründet wurde?"

„Nein, es ist wohl schon lange her."

„Und wer ist ihr Anführer?"

„Das ist unser Altlehrer."

„Gut meine Jungs. Das sind sie, die Wölfe im Schafspelz. Ihr braucht keine Angst zu haben und könnt mir vertrauen. Wer ist noch in dieser Partei?"

„Unser Klassenlehrer, Herr Schindel, seine Frau und der Leiter der Theatergruppe."

„Aha, das ist also der Kopf der Verschwörung. Welche Aufgabe hat man Euch übertragen?"

„Ich sollte die Armbinde tragen und Naziparolen rufen."

„Wisst Ihr, was man geplant hat?"

„Es war doch alles vorbereitet. Im Gasthof „Zur Eiche" sollte die Versammlung stattfinden und der Aufruf zum Kampf für ein neues Deutschland, Freiheit und Demokratie solidarisch verabschiedet werden. Die Losung hieß: Stadt und Land, Hand in Hand."

„War das nur für Göhrendorf geplant?"

„Das wissen wir nicht, aber die Rede war auch von Halle und Leipzig."

Der Vernehmende verließ aufgeregt den Raum. Gefahr war im Verzug. Er informierte die Stasizentrale, die stehenden Fußes die Inhaftierung des Lehrerkollegiums von Göhrendorf anordnete. Bei der Bedeutung des Falles wurden der sowjetischen Militäradministration die Ermittlungsprotokolle mit der Anregung vorgelegt, das Militär in höchste Alarmbereitschaft zu versetzen, um den drohenden Putsch bereits im Keim ersticken zu können. Der Oberst des sowjetischen Geheimdienstes studierte sorgfältig die überreichten Protokolle, ließ Hubert und Klaus vorfahren und sich ausführlich von ihnen den Vorgang berichten. Er notierte unter den Abschlussbericht:

„Die deutschen Genossen sind dümmer, als die Sowjetmacht es erlaubt. Das kann man leider nicht ändern, es wird uns noch viel Kopfzerbrechen bereiten."

Er ordnete absolute Geheimhaltung über den Vorfall und die sofortige Entlassung aller Inhaftierten an. Schindel und Genossen schlichen sich wie geprügelte Hunde ins Dorf zurück. Dort wurde das Ereignis mit Witzen belacht.
"Papa, warum fuchteln die beiden Männer so wild mit den Armen und Händen?"
„Mein Junge, die Zeiten ändern sich grundlegend. Früher musste man bei Aufmärschen vor der Tribüne den rechten Arm zum Gruß erheben. Heute muss man mit beiden Armen über den Kopf in die Hände klatschen. Das üben sie, um nicht versehentlich das Falsche zu tun."
„Hast Du schon gehört, die Genossen sind im Gefängnis gelandet.- Was Du nicht sagst. Alle?- Ja, alle.-Wer hat sie verhaftet?- Die Genossen haben sich gegenseitig verhaftet. - Und warum? - Sie sind solidarisch und fühlen sich nur im Gefängnis wohl und wollen darin ihr ganzes Leben verbringen."
Im nachfolgenden Jahr ereilte Hubert ein zweites, wenn auch selbstverschuldetes Unglück. Er war 14 Jahre alt und verehrte, nein, liebte seine Klassenkameradin Erika. Er suchte ihre Nähe, stellte ihr mit den Augen nach, sprang ihr bei, wo immer er konnte. Erika merkte es wohl, fühlte sich geschmeichelt, verhielt sich ihm gegenüber aber kühl und abweisend. Hubert war ihr, der bereits fraulich Gereiften und von Männerblicken Verwöhnten, zu unreif und zu unfertig. Hubert blickte wie die meisten seiner Klassenkameraden mit Verachtung auf die Jungen herab, die sich zur Teilnahme an der Volkstanzgruppe

hatten überreden lassen. Er hielt das Gehopse für weibisch und unwürdig für ein gestandenes Mannsbild. Erika, ein lebensbejahendes und Frohsinn versprühendes Mädchen, tanzte leidenschaftlich gern und so entschloss sich Hubert in seiner Liebestorheit, dem Volkstanzensemble beizutreten. Erika wurde ihm zunächst wie erhofft als Tanzpartnerin zugeordnet. Er durfte sie umfassen, durfte ihre Hände halten, ihr in die Augen schauen und sie um sich wirbeln. Er wähnte sich hoch jauchzend im Himmel und konnte kaum die Übungsstunden abwarten, bis sein Glück ein jähes Ende fand. Er war ein guter Tänzer, wurde deshalb von seiner Partnerin getrennt, um ein kleines, unansehnliches Mädchen von 12 Jahren für Figuren und Schritte anzulernen. Er empfand diese Entscheidung als ungerecht und unzumutbar, lehnte sich innerlich dagegen auf und sann auf Genugtuung. Er überzeugte seine Kameraden, dass man sich mit dem ungelenken Herumspringen vor Schaulustigen nur lächerlich mache. Ehrbar sei für Männer nur der sportliche Wettkampf, das Messen von Kraft, Schnelligkeit oder Ausdauer. Dank seiner Beredsamkeit überzeugte er die Angesprochenen, sie stimmten ihm zu.

Wie immer sollte der 1. Mai von allen Werktätigen mit einem Umzug, mit Reden und mit Kulturveranstaltungen gefeiert werden. Die Volkstanz-gruppe sollte auftreten, aber die Jungen versammelten sich in einer Scheune, tranken Bier, klopften mutige Sprüche, fühlten sich dabei stark und blieben dem Auftritt fern. Hubert hatte sein

Zeichen gesetzt. Bei den Lehrern herrschte peinliche Ratlosigkeit, als zum Kulturabend nur Klaus als Tänzer erschien. Die Akkordeonspielerin bewies Tatkraft und rettete die Situation. Sie trat vor das dörfliche Publikum und verkündete, das Ensemble werde ohne männliche Partner tanzen. Das symbolisiere die neue Rolle der Frau in der sozialistischen Gesellschaft. Der übergewichtige, leis-tungsschwache und wenig gelittene Werner sah seine Stunde gekommen. Er schlich in den folgenden Tagen um Herrn Schindel herum, bis dieser ihn fragte: „Nun, Werner, sag schon, wer es war und was dahinter steckt!"

„Das war der Hubert, weil er mit der Erika nicht mehr tanzen darf. Er hat die anderen aufgehetzt."

„Du bist ein tüchtiger Junge, wirst es mal weit bringen. Hättest es aber gleich melden können. Merk es Dir fürs nächste mal."

Für Hubert hatte der angezettelte Streik bittere Konsequenzen. Am nächsten Tage wurde er noch vor Unterrichtsbeginn in das Lehrerzimmer zitiert. Der gesamte Lehrkörper hatte sich versammelt. Schindel führte mit ernster und feierlicher Stimme das große Wort: "Hubert, es ist uns trotz aller Mühen nicht gelungen, Dein Bewusstsein auf eine neue Ebene zu heben. Deine Eltern waren Kulaken und haben Dir den antirevolutionären Geist der Weißgardisten eingehämmert. Du stehst nicht auf unserer Seite. Jetzt hast Du Deine Kameraden aufgewiegelt und einen Streik gegen das Volk angezettelt. Zuvor hast Du den Faschismus verherrlicht und versucht,

ihn wieder zum Leben zu erwecken. Auf Beschluss des Lehrerkollegiums verweise ich Dich mit sofortiger Wirkung von unserer Schule. Wir werden dem Schulamt empfehlen, Dich trotz guter Noten nicht in die Oberschule aufzunehmen."
Die Tragweite dieser Entscheidung für sein weiteres Leben war Hubert zunächst nicht bewusst. Er fragte: "Noch was?"
„Nein, du kannst gehen. Oder möchtest du noch etwas sagen?"
„Ja, Herr Schindel, wenn Sie Ihren Mund öffnen, stinkt es. Sie haben unerträglichen Mundgeruch."
Als Frau Kröne von diesem Vorfall erfuhr, eilte sie flugs zu Herrn Schindel und bat um Nachsicht für ihren Sohn.
„Als erfahrener Pädagoge wissen Sie, wie ungezügelt und rebellisch Jungen in der Pubertät sind. Seien Sie verständnisvoll und verbauen Hubert nicht die Zukunft!"
Schindel zeigte sich milde gestimmt. „Ihr Sohn befindet sich in einer Umbruchphase. In einem Ausnahmezustand. Er lehnt sich gegen alle Autorität auf und will eine eigene Persönlichkeit werden. Ich werde ihn weiterhin wohlwollend begleiten und fördern und ihm keine Steine in den Weg legen. Sie können mir vertrauen."
Wenige Tage danach erhielt Frau Kröne vom Schulamt ein Schreiben. Ihr wurde mitgeteilt, dass Hubert vom weiteren Schulbesuch ausgeschlossen und er unwürdig sei, in die Oberschule aufgenommen zu werden. Er lege provokativ ein antisozialistisches und dissoziales Verhalten an den Tag und gefährde seine Mitschüler.

Seine Einweisung in die Jugendwerkhöfe nach Torgau sei dem Jugendamt empfohlen worden. Der Lebensentwurf von Hubert schien sich damit in Luft aufgelöst zu haben. Er hatte geträumt, aus den Niederungen aufzusteigen und als Journalist so berühmt zu werden wie Eduard von Schnitzler, der fast täglich im Radio die politischen Ereignisse kommentierte und hohes Ansehen in der Öffentlichkeit genoss. Frau Kröne, eine resolute und durchsetzungsfähige Frau, sprach beim Schulamt in Querfurt vor, wurde aber vom Schulrat nicht empfangen. Der Bauer tröstete die Familie.

„Wartet ab, noch ist nicht aller Tage Abend. Die Sonne kommt, die Sonne geht, wie Helligkeit und Dunkelheit wechselt sich auch unser Schicksal."

Er behielt Recht. Am 17.06.1953 meldete der RIAS, dass in einigen Städten der DDR gestreikt und demonstriert werde, die Parteifunktionäre würden verjagt und die Staatsordnung breche zusammen. Frau Kröne erfasste instinktiv die Chance, die sich für Hubert bot. Sie fuhr zwei Tage später erneut zum Schulamt und wurde sofort beim Schulrat vorgelassen. Sie legte ihm sein Schreiben vor.

„Herr Schulrat, was soll das?"

Der überflog flüchtig den Brief.

„Frau Kröne, das ist ein Versehen, glauben Sie mir, da ist alles falsch gelaufen. Herr Schindel hat auf die Suspendierung Ihres Sohnes bestanden, ich wollte es nicht, er hat mir sogar gedroht."

„Gedroht?"

„Ja, er hat mir wiederholt Berichte über Hubert zugeschickt und auf erzieherische Konsequenzen bestanden. Bitte, lesen Sie selbst!"

Sie las, dass Hubert Kirschzweige geknickt, Kirschen geklaut, mit Steinen nach Hunden geworfen, sich mit einem Klassenkameraden gerauft, Briketts von den Bahngleisen gestohlen, Bücher aus der Schulbibliothek verspätet zurück gebracht habe und anderes mehr. Frau Kröne las Satz für Satz die "gewichtigen" Mitteilungen Schindels über die Verfehlungen ihres Sohnes – und lachte. Dem Schulrat fiel erkennbar ein Stein vom Herzen.

„Nehmen Sie die Schmierblätter an sich. Meine Absage für den Schulbesuch Ihres Sohnes ist hinfällig, ich stelle Ihnen sofort die Aufnahmezusage aus."

Frau Kröne unterdrückte ihre innere Bewegtheit. Sie blickte den Schulrat prüfend an, der ihr mit dem Kopf seine Entscheidung bestätigend zunickte. Vor ihr saß ein verängstigter, nervöser, älterer Mann mit vielen Sorgenfalten und unruhig umherirrenden Augen. Sie fixierte unbeabsichtigt das Parteiabzeichen an seinem Revers, er nahm es hastig ab. In ihr stieg Mitgefühl auf und sie hatte das Bedürfnis, ihn zu trösten.

„Wissen Sie, Herr Schulrat, irren ist menschlich. Wir alle werden zuweilen fehlgeleitet. Wir wollen gut und menschlich sein und erliegen doch so manchen trügerischen Schein."

„Gewiss und wir wollen nicht vergessen, das Große wächst auch beim Menschen nur wie in der Natur durch

erziehende Zucht. Die Verinnerlichung von Ordnung und Gesetz ist die Grundvoraussetzung für soziale Reife."
Der Schulrat hielt Wort. Hubert schloss die Oberschule mit einem guten Abitur ab und wurde zum Studium der Journalistik an der Karl-Marx-Universität in Leipzig zugelassen. Er hatte sich in der Oberschule zum überaus fleißigen und scheinbar gesinnungskonformen, fügsamen Schüler gewandelt und wurde nun dafür belohnt.

III

Im Gegensatz zu Hubert, der alles in Frage stellte, innerlich opponierte und insgeheim gegen den Stachel löckte, fand sich Horst bereits in der Grundschulzeit mit den Gegebenheiten ab. Sein Auftreten war höflich und zurückhaltend, seine Rede kurz und knapp, gelegentlich durchsäuert mit einem Hauch von Ironie, doch stets wohlwollend und korrekt. Er zog sich gern von Menschen zurück und liebte die Natur mit allen seinen Sinnen. Nächtigte im Sommer oft in freier Natur, lauschte den Melodien des Windes, genoss den Duft der umgepflügten Erde. Lief stundenlang über die kahl gemähten Flächen der Felder und begeisterte sich an den gelben Getreidestoppeln; jubelte mit den Lerchen, die hoch in den Lüften tirilierten. Wenn die ersten Nebelschwaden über das Land trieben, das frühe Dunkel die Ruhe des Sternenhimmels strahlen ließ, dann fühlte er

sich wie ein Tropfen im kosmischen Meer, wähnte sich verehelicht mit dieser herrlichen und gesunden Erde und geeint mit der Schöpfung und dem Schöpfer. Regnete es, watete er durch Matsch, ließ sich durchnässen und störte sich nicht an seiner Erdverkrustung. Er jagte der natürlichen Schönheit hinterher und suchte das Glück im Einklang mit der Natur. Schon als Junge war er fremd in seiner Zeit, auch in seinem Äußeren. Seine Haare waren sorgfältig gekämmt, aber schulterlang. Auf den Vorhalt: „Warum lässt Du sie so lang wachsen?", reagierte er mit entwaffnender Freundlichkeit: „Ich lasse sie nicht wachsen. Sie wachsen allein."
Nach Beendigung der Mittelschule studierte er Landwirtschaft, wurde von der LPG Göhrendorf angestellt und nach kurzer Zeit zum Chefagronom befördert. Mit 19 Jahren heiratete er, aus seiner Ehe gingen drei Kinder hervor. Er hatte keine leidenschaftlichen Beziehungsgeschichten, keine Krisen, keine Katastrophen, keine Todesstunden zu bestehen und wurde nicht von Liebe, Hass, Begierden, Eitelkeit oder Misstrauen verzehrt. Aber er mochte die Nacht, hörte ihre Stille, entlockte dem zitternden Ruf der Eule so manches Geheimnis und entdeckte Licht selbst in der Dunkelheit. Hubert las bevorzugt Abenteuerromane, Horst wenig bekannte und lyrische Literatur. Er verwahrte einen antiquarischen Gedichtband „Buch der Liebe" von Karl Marx und identifizierte sich mit dessen romantischen Träumereien an seine geliebte Jenny:
„Kennst Du das süße Zauberbild,

Wo Seelen in einander fließen,
In einem Hauche sich ergießen,
Melodisch voll und freundlich mild?"
Dann umarmte Horst im Geiste seine Hildegard und ging auf in reiner, klarer und übersinnlicher Liebe zu ihr. Die leicht erkennbaren, sonderlingshaften Eigenschaften wurden ihm zum Verhängnis. Nach dem Mauerbau vom 13.8.61 in Berlin und dem weiteren Ausbau des sogenannten antifaschistischen Schutzwalls an der deutsch-deutschen Grenze benötigte die Staatsmacht staatstreue und willfährige Soldaten, die bereit waren, Spione, Saboteure, Provokateure und andere Verbrecher mit allen Mitteln zu hindern, die Friedensgrenze zu durchbrechen. Die unteren Parteigliederungen wurden aufgefordert, Männer zu benennen, die für diese Aufgabe geeignet seien. Horst fiel in diese Kategorie. Jung, sportlich, familiär gebunden, pflichtbewusst, risikoscheu und weltfremd, konnte bei ihm eine Republikflucht ausgeschlossen werden. Er widerstand nicht lange den Versprechen der Partei, verpflichtete sich für zwei Jahre und wurde Grenzsoldat.

Hubert war darauf bedacht, aus der Enge seiner Herkunft auszubrechen. Er wollte hoch hinaus, wollte die provinzielle Beschränktheit hinter sich lassen und in die Elite des Landes aufsteigen. Er trat vor allem aus Gründen der Nützlichkeit in die Partei ein und wurde Kandidat der SED. Die Innenstadt von Leipzig war noch zerbombt, beeindruckte ihn aber durch ihr großbürgerliches Flair. Sein Studium war weitgehendst verschult. Das Studienjahr bestand aus 150 Studenten, die in drei Gruppen aufgeteilt waren. Jeder Student hatte sich an einen Stundenplan zu halten, der bestand zunächst im Wesentlichen aus Vorlesungen und Seminaren über den historischen und dialektischen Materialismus und die politische Ökonomie. Kerninhalt der Indoktrination war, dass die menschliche Gesellschaft sich nach objektiven Gesetzen entwickle. Danach sind der Sieg des Sozialismus und der Untergang des Kapitalismus unvermeidlich. Die Arbeiterklasse ist der Totengräber des Kapitalismus. Endziel ist die kommunistische Gesellschaft, in der jeder nach seinen Fähigkeiten produziert und jeder nach seinen Bedürfnissen konsumiert. Ausbeutung und Entfremdung des Menschen durch den Menschen werden durch Abschaffung aller Klassen erreicht, auch der Arbeiterklasse. In der Übergangsphase des Kampfes der Befreiung vom kapitalistischen Joch kommt es zur Verschärfung des Klassenkampfes zwischen den werktätigen Massen und der Bourgeoisie. In dieser Phase befinde sich die DDR. Die ausländischen reaktionären Kräfte versuchten mit allen Mitteln, den Aufbau des Sozialismus in der DDR zu verhindern. Deshalb sei Wachsamkeit geboten. Die Partei sei der Stoßtrupp des Fortschritts. Ihre Diktatur, die Diktatur des Proletariats, sei zwar gegenwärtig belastet mit materiellem Verzicht und Zwang. Das Werdende, das Zukünftige, die reale Utopie sei jedoch der Menschheitstraum, der alle Opfer rechtfertige und gleiche einem

Baum, der Unwetter und Stürme bestehen müsse, um an Höhe zu gewinnen. Jedem Genossen müsse bewusst sein, wo gehobelt wird, fallen auch Späne. Die kapitalistische Geisteskrätze sei wie eine Seuche, die ausgemerzt werden müsse, solle sie die Gesunden nicht befallen. Hubert übernahm diese angeblich wissenschaftlich begründete Weltsicht und zweifelte nicht an ihrer Gültigkeit. Begeistert nahm er an den Aufmärschen am Tag der Befreiung vom Faschismus und anderen Demonstrationen teil, schritt im Gleichmarsch an der Tribüne mit den Parteigrößen vorbei, schwenkte die Fahne, schrie im vorgegebenen Rhythmus Freundschaft, Freundschaft, Freundschaft oder nie wieder Krieg. Welch ein Erlebnis. Mit Hingabe fühlte er sich den vielen Genossen verbunden, fühlte sich in das Kräftefeld der Masse eingebunden und gleichgeschaltet und sang aus voller Brust Wacht auf, Verdammte dieser Erde. Er wähnte sich auf der Höhe des proletarischen Bewusstseins und im geistigen Besitz der Grundessenz der historischen Wahrheit, ihrem fundierten und erschöpfenden Wesen und ihrer unaufhaltsamen Kraft. War überzeugt, dass die Partei die Menschen in ein goldenes Zeitalter führen werde.

Die Zimmervermittlung der Uni wies Hubert eine Unterkunft im Stadtteil Plagwitz zu. Sein Vermieter war ein jovialer Herr, der ihn freundlich mit einer kurzen Rede begrüßte und ihn damit ungewöhnlich irritierte.

„Ich bin der Franz Gall, herzlich willkommen. Mir wurde mitgeteilt, dass Du Kandidat der SED bist. Ich nehme an,

dass Du weißt, dass ich der Parteisekretär von Plagwitz bin. Aber keine Sorge, ich bin kein Spitzel. Du kannst offen zu mir sein, brauchst Dich nicht zu verstellen. In Deinem Alter bin ich der SPD beigetreten und kam in der Nazizeit ins KZ. Nach der Zwangsvereinigung mit der KPD machte man mich hier zum Aushängeschild wie den Grotewohl in Berlin. Du brauchst den Parteigenossen nichts über mich zu berichten. Die kennen mich besser als ich mich selbst. Ich habe hier so etwas wie Narrenfreiheit."
Er lachte.
„Also nochmals, herzlich willkommen. Meine Frau ist blind, Du musst Dein Zimmer selbst in Ordnung halten. Wir haben nichts gegen Frauenbesuche, genieße Dein Leben."
Hubert verschlug es die Sprache. Er begrüßte verlegen Frau Gall, sah sich das einfach möblierte Zimmer an und war damit sehr zufrieden. Er widmete sich mit Eifer dem Studium, befreundete sich mit Herrn Gall, obwohl der seine fanatische Überheblichkeit immer wieder zu dämpfen versuchte. In seiner Freizeit traf er sich abends mit Freunden in einer Kneipe, trank Bier, politisierte, schäkerte mit der hübschen und heiteren Bedienung, erzählte Witze, auch schlüpfrige. Er mied das Zusammensein mit Genossen, weil deren endlose und nichtssagende Geschichten ihn langweilten. Hubert galt im Freundeskreis als ultra links, Max reizte die Freunde mit rechten Ideen:
„ Ich bejahe ja, dass wir Armen, Schwachen und Kranken

helfen. Ich habe Mitgefühl mit ihnen, sie sollen menschenwürdig leben und einen Platz in unserer Gesellschaft haben. Es kann aber nicht sein, dass eine Minderheit Gesundheit, Stärke und Erfolg als moralisch verwerflich anklagt und fordert, die eigene Hilfsbedürftigkeit in das Zentrum der gesellschaftlichen Intentionen zu stellen. Sie nötigen die Lebenstüchtigen, sich ihrer Gesundheit und Normalität zu schämen, sich aufzugeben und sich den siechen Ansprüchen zu beugen. Nein, ich will eine lebensbejahende, kraftvolle und zukunftsorientierte Gesellschaft, in der jeder seine Fähigkeiten verwirklichen kann. Aber das Starke muss führen, Lebensinsuffizienz darf nicht als anzustrebendes höchstes Gut gehandelt werden. Sonst landen wir alle eines Tages auf der Couch eines Psychoanalytikers."
Rainer verdrehte die Augen.
„Max, kommst Du schon wieder mit Nietzsche? Vergiss ihn, er ist out. Und Hans, erzähle uns nicht von diesem Jesus, der die Welt verändert hat. Das war Karl Marx. Ich habe einen guten Witz parat….."
Nach dem zweiten Studienjahr hatte Hubert für das Vordiplom eine schriftliche Hausarbeit zu verfassen. Thema: „Leite konkrete Anweisungen aus Lenins Werk – Ein Schritt vorwärts, zwei Schritte zurück – für die gegenwärtige Politik der DDR ab." Hubert zitierte in seiner Arbeit langatmig Marx, Lenin, Stalin und Ulbricht und fasste als Ergebnis seiner Überlegungen zusammen: „Die Vereinigung Deutschlands ist Ziel der Politik der DDR und kann nur unter Führung der SED verwirklicht

werden. Die Partei solidarisiert sich im ersten Schritt mit den fortschrittlichen Kräften Westdeutschlands unter der Losung Friede, Freiheit und Gerechtigkeit. Im zweiten Schritt nutzt sie die pseudodemokratischen Regeln der BRD und schleust in alle Zentren der Macht die Vertreter der Partei ein. Im dritten Schritt liquidiert sie die Repräsentanten des alten Systems und errichtet die Diktatur des Proletariats."
Hubert wurde von der mündlichen Prüfungskommission abweisend empfangen. Ob er in der Lage sei, seine Thesen selbstkritisch zu hinterfragen. Ob er die Schrift Lenins „Der linke Radikalismus, die Kinderkrankheit im Kommunismus" studiert habe. Ob er die Rede Chruschtschows auf dem XX. Parteitag der KPdSU kenne, die die neue Politik der Partei von der Existenz zweier deutscher Staaten und der Notwendigkeit von der weltweiten friedlichen Koexistenz der gesellschaftlichen Systeme beinhalte. Hubert schwieg betreten. Ihm wurde heftig vorgehalten, dass seine Gedankenwelt linksabweichlerisch, sehr parteischädigend, verkappt stalinistisch und dem Volke nicht vermittelbar sei. Hubert begriff, dass er eine politische Wende verpasst und seine Karriere schweren Schaden genommen hatte. Er streute Asche auf sein Haupt und bekannte, individualistisch gedacht und sich der Diskussion mit den Genossen entzogen zu haben.

„So ist mein sozialistisches Bewusstsein nicht zeitgemäß gewachsen. Ich habe mich selbst überschätzt. Ich habe der Brutalisierung unserer Ideen das Wort geredet. Ich

habe das menschliche Antlitz unserer Politik verraten, ich wollte klüger sein als die Partei."
Die Angelegenheit ging für Hubert glimpflich aus. Er wurde nicht in die Produktion relegiert, sondern erhielt die Möglichkeit, sich zusammen mit einer Kommilitonin als Praktikant bei der Kreiszeitung in Makranstädt zu bewähren.

Ute war die Tochter eines evangelischen Pfarrers, der sich von Schleswig-Holstein aus um eine Pfarrstelle in Leipzig beworben hatte. Er wollte beim Aufbau des Sozialismus in der DDR aktiv mitwirken. Er war überzeugt, hier die Ideale der urchristlichen Gemeinde realisiert zu sehen, das archetypische Hoffnungsbild von Menschen, die uneigennützig teilen, helfen, pflegen, die solidarisch und gleichgestellt sind. Er genoss allerdings die Wohltaten, die die DDR seinen Kadern zu bieten hatte. Er bewohnte mit seiner Familie in Markkleeberg eine Villa, durfte mit Westgeld im Intershop einkaufen und konnte nach nur kurzer Wartezeit einen Wartburg erwerben. Er kannte keine Lebensmittelkarten und keine Warteschlangen vor den HO-Läden und nicht die materiellen Sorgen der Menschen, denen er in der Kirche und im Rundfunk das Glück predigte, in einer sozialistischen Gesellschaft leben zu dürfen. Seine Tochter Ute war groß, üppig, sehr weiblich, im eigentlichen Sinn des Wortes sexy. Sie scherzte und lachte gern und hatte ein weiches Herz. Ihre madonnenhafte Schönheit bezauberte *Hubert*. In ihrer Gegenwart war ihm, als ob er in der Wüste sei und er nach dem Wasser der nahen Oase dürste. Befragt, warum sie nicht in Westdeutschland studiere, geriet Ute ins Schwärmen.

"Ich lebe das Morgen im Heute. Das Paradies und der Kommunismus sind der gemeinsame Erfüllungsort unserer archetypischen Wünsche. Noch ist es Utopie, aber Christen und Arbeiter kämpfen Seite an Seite dafür. Noch müssen wir für dieses Ziel Opfer bringen, oft mit Bedauern und Tränen. Das Gute ist nun mal nur zum Preis von Übeln zu haben. Wir Christen leben nicht in einer Museumswelt. Die Geschichte schreitet fort und die Logik der Geschichte kann auch von Gott nicht außer Kraft gesetzt werden. Kommunismus ist verwirklichtes Christentum, ist verwirklichte Liebe zum Nächsten. Ich will es so sagen: Wir lassen uns nicht von der göttlichen Liebe und Gnade beschenken, nein, wir beschenken uns selbst aus eigener Kraft mit Liebe und Gnade durch Gottes Hilfe. Welches Bewusstsein brauchen wir? Das Bewusstsein von der allgegenwärtigen Liebe, nur dann besitzen wir die Liebe wirklich."

Wenn Ute sprach, leuchteten ihre Augen. Er ließ sich von ihr überreden, Gottesdienste und Andachten in der Thomaskirche zu besuchen, wurde dabei in seinem ganzen Wesen emotional ergriffen von den Aufführungen der Thomaner und merkte nicht, wie in ihm ein neues Feuer der Gefühle und des Denkens entfacht wurde. Mit Ausreden verstand er es, seine Zweifel an der Unfehlbarkeit der Partei und seine Sympathie für den Liebeskommunismus zu verheimlichen und sich zum

Realkommunismus in den Parteiversammlungen zu bekennen. Er sprach anders, als er dachte und dachte anders, als er sprach. In seinen journalistischen Beiträgen berichtete er begeistert von den Heldentaten der Arbeiter, der Bauern und der Intelligenz, die mit ihren selbstlosen Leistungen das Weltniveau übertträfen. So bewährte er sich und durfte das Studium fortsetzen.

Ute musste nach einer Zwischenprüfung das Studium aussetzen und wurde für ein Jahr als Arbeiterin in eine Maschinenfabrik relegiert. Sie sei ideologisch nicht hinreichend gefestigt und solle als Arbeiterin unter Arbeitern zum fundierten Klassenbewusstsein finden. Sie nahm die Entscheidung der Fakultät gelassen hin. Es stand ihr frei, jederzeit nach Hamburg zurück zu kehren. Sie betätigte sich weiterhin sozial. Gab Schülern Nachhilfeunterricht, fuhr Behinderte spazieren, setzte sich für alternative Künstler ein, übernahm sogar kirchliche Funktionen. Hubert und Ute trafen sich regelmäßig.

Zu Ostern wurde in der Thomaskirche die Johannespassion aufgeführt. Ute skizzierte Hubert die Leidensgeschichte Christi. Er hörte ihr zu und wehrte sich innerlich gegen diese Legende. Für ihn stand fest, dass Mitleiden nur das Leiden in der Welt vermehrt und der Wille zum Überleben uns zwingt, gegen das Schwache unerbittlich zu sein. Von Musik verstand Hubert so gut wie nichts. Sie symbolisierte für ihn die Schattenwelt der Gefühle, die der reinen Vernunft entgegen steht. In der Kirche fühlte er sich allerdings der Bachschen Musik

ausgeliefert, hörte, wie sich Töne verdichteten, sich melodisch vereinigten und wie eine griffige Idee auf ihn einhämmerte. Er näherte sich der Erkenntnis, dass humanes Bewusstsein sich nicht durch Einsicht und Rationalität, sondern durch Mitgefühl und Mitleiden entwickelt. Die Stufe zu höherer Humanität ist durch einen außergewöhnlichen, leidensbereiten Menschen in die Welt gekommen. Gewalt und Macht versetzen den Menschen nur in Furcht und Schrecken. Die Johannespassion bewegte ihn zutiefst. Er vernahm Klagelied und Hoffnungsfreude zugleich. Es war nicht Kunstgenuss, der ihn erschütterte, nein, es waren die Gedanken von Tod und Gegentod, von Offenbarung und Mysterium, von Vergehen und Auferstehen, die ihn betroffen machten und ihn mit aller Wucht trafen. In Hubert klang der Passionstext nach:
"Eilt aus euren Marterhöhlen, doch wohin, wohin?"
Die Frage ergriff ihn wie eine Naturgewalt, er stand auf, verließ den Kirchenraum und fand sich im nahe gelegenen Clara-Zetkin-Park wieder. Wohin, wohin geht mein Leben? Und wofür? Er wollte sich verkriechen, wollte Ruhe und ging nach Hause. Vor der Wohnungstür erwartete ihn Frau Gall.
„Komm ein wenig zu uns. Wie war es in der Kirche?"
„Darf ich mir ein Glas Wasser holen?"
Frau Gall stand auf. Hubert kam ihr zuvor.
„Lassen Sie, Sie sind blind, ich hole mir selbst Wasser aus der Küche."
Herr Gall korrigierte.

„Sie ist eigentlich nicht blind."
„Oh, ich dachte, weil Ihre Frau immer eine dunkle Sonnenbrille trägt und nie allein das Haus verlässt."
„Ja, so ist es."
Hubert wagte nicht nachzufragen. Herr Gall klärte ihn auf:
"Sie war auch im KZ. Nach der Befreiung wurde ich in Buchenwald von den Sowjets als Helfer eingesetzt. Dort habe ich sie halb verhungert und halb tot aufgelesen. Als Naziverfolgter war ich privilegiert und bekam sehr schnell eine Wohnung zugewiesen. Wir sind zusammen eingezogen und haben später geheiratet. Sie hat überlebt, aber sie hat nicht vergessen. Sie will diese Welt voller Leid und Tod, den Tanz der Menschen auf ihrem eigenen Grab, das Vorspiel der Apokalypse, nicht mehr sehen. Weil sie das Vertrauen zum Leben verloren hat, ist das Leben selbst für sie zum Problem geworden."
Frau Gall kam aus der Küche zurück. Sie hatte wohl ungewollt mitgehört. Mit leiser Stimme stellte sie fest: „Die Christen haben Gott, die Kommunisten ihre Ideale verraten. Beide zeugen nur noch Unmenschlichkeit. Mit wem soll ich mich versöhnen?"
Die Männer schwiegen. Hubert schoss durch den Kopf, hebt selbst erfahrenes Leid das humane Bewusstsein, wie es Jesus uns nahelegt? Herr Gall beendete das Gespräch mit zugeschnürter Stimme:
„Er litt und starb für die Menschen, so sagt man. Sie lassen leiden und befehlen das Töten zum Erhalt ihrer Macht. Macht, offen oder verdeckt, ist der Dämon der

Menschheit."

Im achten Semester legte Hubert seine schriftliche Diplom-Arbeit dem Prüfungsausschuss vor. Er hatte sich ein heikles Thema gewählt. „Die Grundideen von Chruschtschow in seiner Rede – Zur friedlichen Lösung der Deutschlandfrage -".Den Prüfern sollte er wie üblich seine Grundgedanken vortragen. Voller Mut und mit Selbstüberzeugtheit legte Hubert vor dem Prüfungsausschuss los, denn er hatte sich gut vorbereitet. Seit ewigen Zeiten werde der Mensch geknechtet, erniedrigt und ausgebeutet. Im Glauben an Gott werde ihm das Gift nicht existenter Werte eingeimpft, der Gehorsam, die Hingebung und der Verzicht. Als Lohn winke das Himmelreich. Vernebelt werde, dass der Mensch nicht von der Sehnsucht nach, sondern nur von der realen Erfüllung seiner Bedürfnisse menschenwürdig existieren könne. Nachdem das stalinistische Gespenst verdampft sei, gelte es, die Überlegenheit der sozialistischen Ordnung durch die neue Politik der friedlichen Koexistenz der Systeme und durch friedlichen Wettbewerb auf wirtschaftlicher, kultureller und wissenschaftlicher Ebene zu beweisen. Die Freiheit der Ideen, der Austausch von Gedanken, der Ausbau demokratischer Grundrechte und die Offenheit der Grenzen müssten in Ost und West nun endlich durchgesetzt werden.
Hubert strahlte, warf sich in die Brust und erwartete ungeteilte Zustimmung und Lob. Die Professoren blieben

unbewegt wie Totenmasken. Hubert fühlte sich an seine Zwischenprüfung erinnert. Der Vorsitzende ergriff das Wort.

„Genosse, liegt Dir daran, uns Deine Unwissenheit und Naivität zu demonstrieren? Willst Du uns provozieren? Hast Du nichts von der feindlichen Tätigkeit der revanchistischen und militaristischen Kräfte der Bundesrepublik gehört? Ist Dir nicht bekannt, dass der Bestand unseres Arbeiter- und Bauernstaates bedroht ist? Dass allein im Juli 1961 über 30000 Menschen von den Neofaschisten abgeworben wurden und wir gezwungen waren, unsere Staatsgrenze zu verteidigen? Kennst Du nicht die offizielle Erklärung unseres Parteivorsitzenden dazu?"

Hubert stotterte wie benommen:
"Ich habe wie der Genosse Chruschtschow als Vorbedingung für die Verwirklichung meiner Ideen die Anerkennung der DDR durch die Siegermächte und den Abschluss eines Friedensvertrages genannt."

„Ja, ja, die sowjetischen Genossen haben gut reden, die stehen nicht an der Front und sind in vielen Dingen sehr blauäugig."

Der Prüfungsausschuss zog sich zur Beratung zurück, warf dem Prüfling im Endergebnis überholtes politisches Wissen und romantische Rechtslastigkeit vor, erteilte ihm aber gleichwohl die Approbation als Journalist. Hubert schlich sich deprimiert zu seiner Studentenbude und wurde von Herrn Gall freudestrahlend begrüßt.

„Darf man gratulieren?"

Das Gesicht von Hubert sprach Bände.
"Komm, genehmigen wir uns einen."
„Ach Franz, ich habe bestanden, aber es war ein Reinfall."
„Dann ist alles halb so schlimm, setz Dich und erzähle. Wie ist es gelaufen?"

Hubert berichtete schleppend von der Prüfungssituation und endete mit der Feststellung: "Erst bin ich ein Linksanarchist, jetzt bin ich Rechtsrevisionist. Mal vertrete ich eine stalinistische Ideologie, mal bürgerlichen Subjektivismus. Ich begreife es nicht."
Der Parteisekretär, Herr Gall, hob sein Glas.
"Hubert, auf Dein Wohl. Man hat Dich nur halb geschoren. Das ist ein Erfolg. Ich muss Dir sagen, Du hast etwas Grundsätzliches nicht verstanden. Die führenden Genossen haben das nationalsozialistische Gefängnis und die Säuberungen in Moskau überstanden. Es sind überzeugte Kommunisten, aber sie haben aus ihren Erfahrungen gelernt. Sie wollen mit allen Mitteln an die Macht, der Machterhalt ist ihr Credo, den sie ständig bedroht sehen und deshalb verteidigen müssen. Mit Feuer und mit Schwert. Die Mächtigen der Welt haben und hatten nie einen anderen Glaubensinhalt. Für sie lauern überall Verrat, Missgunst und Verschwörung. Wer überleben will, muss selbst verraten, verfolgen, unterdrücken. Und sich den Stärksten im Rudel der Partei bedingungslos unterordnen. Wer nicht denkt wie sie, ist ihr Feind. Unsere politischen Führer sind

psychisch deformiert, sie sind psychisch krank. Sie haben eine paranoide Überlebenstechnik verinnerlicht und aus ihrem Herrschaftsbereich ein Gefängnis gemacht, wittern nur Verschwörer, Intriganten und Umstürzler, also das, was sie selbst sind. Du beginnst, an ihnen zu zweifeln. Nun, der Beginn des Zweifelns ist der Anfang des eigenen Denkens. Entscheide, ob Du einem solchen Regime dienen kannst."

Hubert fand auf diesen Monolog keine Erwiderung, beide Männer tranken Bier und nach jedem Bier einen Wodka, bis sie betrunken waren.

Wenige Tage nach der bestandenen Prüfung wurde Hubert mitgeteilt, dass er bei der Makranstädter Volkszeitung als Redakteur eingesetzt sei. Er nahm diese Anstellung wegen der Nähe zu Leipzig gern an, behielt seine Studentenbude und traf sich oft mit Ute.

IV

Der Sommer war heiß mit sengenden und drückenden Tagen. An Sonntagen suchten Hubert und Ute gemeinsam das Connewitzer Freibad auf, um sich etwas Kühle zu verschaffen. Sie tobten im Bad herum, sie lachten und witzelten und wussten am Ende selbst nicht, worüber sie gelacht und gewitzelt hatten. Im Bad zogen sie sich an einen abgelegenen Platz zurück und sonnten sich. Sie lagen dicht beieinander, hatten die Augen geschlossen und träumten vor sich hin. Hubert blinzelte und nutzte kurze Augenblicke, sie verstohlen zu

betrachten. Er dachte, welch schöner Körper, welch guter Mensch, welch edler Charakter. Er hätte sie gern berührt, seine anerzogene Tugendhaftigkeit hinderte ihn daran. Völlig unerwartet stand plötzlich Norbert vor ihnen. Man kannte sich flüchtig von der Studentenmensa. Norbert, blondhaarig und blauäugig, kleingewachsen und im Auftreten stutzerhaft, warf kecke Blicke um sich und begrüßte die beiden laut schallend:
"Sieh da, sieh da Timetheus , euch zu sehen, welch ein Genuss."
Er ließ sich zu den beiden auf die Decke nieder, rückte an Ute heran und weidete sich mit seinen Augen aufdringlich an ihren Körper.
„Hat Dich dieser Journalist auch gut unterhalten?"
Und an Hubert gewendet:
"Habt Ihr schon gevögelt?"
Hubert erhob sich.
„Du bist ein Dummkopf. Ich gehe schwimmen."
Ute kicherte. Hubert schlenderte zum Schwimmbecken. Er ärgerte sich über diesen Möchtegern und dessen Geschwätz. Und über die Reaktion von Ute. Mit einem Kopfsprung tauchte er ins erfrischende Wasser, kraulte einige Bahnen und bummelte dann zum ausgewählten Liegeplatz zurück. Norbert und Ute lagen aneinander geschmiegt und küssten sich. Sie bemerkten Hubert nicht, der seine Kleidung zusammenraffte und sich im Laufschritt entfernte, mit der Straßenbahn nach Plagwitz fuhr und mit einem lauten Knall die Wohnungstür seiner Bleibe hinter sich zuschlug. Herr Gall trat in den Flur,

warf einen prüfenden Blick auf den erhitzten Hubert und forderte ihn auf:
„Komm rein und setz Dich!"
Hubert warf sich aufs Sofa.
"Sie ist eine Schlampe."
„Wer ist eine Schlampe."
„Ute, von der ich Dir schon oft erzählte habe. Ich mochte sie, jetzt ekelt sie mich an."
„Nanu, was hat sie getan? "
„Wir waren zusammen im Freibad. Dort hat sie in aller Öffentlichkeit Sex gemacht. Mit einem anderen."
„Sex?"
„Naja, sie haben sich geküsst."
„Und?"
„Ich war mit ihr verabredet, ich mochte sie."
„Was mochtest Du an ihr?"
„Sie ist sehr religiös, ist eine Pfarrerstochter. Und sie ist sehr hübsch. Ich habe viel von ihr gelernt, sie denkt anders als wir. Und überhaupt, ich dachte, sie ist ganz anders als die anderen."
„Du liebst sie?"
„Jetzt nicht mehr."
„Ist es Deine erste Liebe ?"
„Nein, in der Schule gab es eine, ihretwegen habe ich einen Streik organisiert."
„Und was nun?"
„Es war nur ein Hexentrank. Die Illusion hat sich wie ein Nebel gelichtet und zurück geblieben ist die nackte Wirklichkeit."

„Und welches Traumbild hattest Du?"
„Ich dachte, wir setzen Stein auf Stein für ein gemeinsames Haus."
„Hast Du sie angefasst?"
„Nein, ich entehre keine Frau."
„Und sie?"
„Mir schien, sie denkt wie ich."
„Bedenke, die Wahrheit ist im Leben nicht mehr wert als der Schein. Man kann sie nicht unterscheiden."
„Wie meinst Du das?"
„Wir machen mit unseren Erwartungen Menschen oft zur Maske. Sie verkleiden sich, um uns zu gefallen und verheimlichen, was sie wirklich fühlen. Und wir durchschauen nicht die Maskerade. Vielleicht hast Du sie enttäuscht, vielleicht wollte sie Dir zeigen, was sie vom Leben erwartet?"
„Nein, ich hatte Freude an ihrer sinnlichen Erscheinung und strebte gleichzeitig nach geistiger Gemeinsamkeit. Sie hat etwas Großes verraten, das Mögliche, das Werdende. Das gemeinsame Schicksal."
„Also die große und einmalige Liebe?"
„Ja, vielleicht."
„So ist das Leben. Wie oft zerbricht Liebe an einer überzogenen Erwartung, an einer Selbsttäuschung, an einem lächerlichen Streit."
„Und was hält sie, die Liebe?"
„Ja, was hält sie. Meistens die Umstände, der soziale Zwang, die fehlende Alternative, die gesellschaftliche Erlaubnis, einander geschlechtlich zu befriedigen. Und

selten, ganz selten geschieht es, dass zwei Menschen zu einem Menschen zusammen wachsen. Deine Liebe hat sich wie Wasser im Sonnenlicht verflüchtigt, ist nicht mehr sichtbar und nicht fassbar. Oder? Nun wirst Du wohl wie so mancher Märchenprinz nach Deiner Prinzessin weiter suchen und Dir merken müssen: Das Urteil der Schwachen über die Starken fällt stets moralisierend aus. Und leider trösten und ermutigen Wahrheiten nicht, sie sind oft unerträglich und unmenschlich. Und doch alltäglich."
Herr Gall lachte, Hubert lachte und beide lachten, weil sie lachten und unausgesprochen dachten, die Liebe ist eine Fata Morgana, spiegelt uns etwas vor, ist Wirklichkeit und doch nur erhitzte Luft.

Wenige Tage später erhielt Hubert von seinem Bruder Horst ein Telegramm:
„Mutter liegt im Sterben, wir erwarten Dich."
Erst im Zug erfasste Hubert die Bedeutung dieser Nachricht. Wie Luftblasen stiegen in ihm Erinnerungen der Vergangenheit ins Bewusstsein und machten ihn schwermütig. Die vergangenen Jahre schienen ihm dabei wie das Wasser eines reißenden Wildbachs ohne Halt an ihm vorbei gestürzt zu sein. Ihm war, als sei er Sinnestäuschungen erlegen. Ihn bedrängten Bilder der Vertreibung, er sah und wollte nicht sehen, wie die Mutter von grölenden Soldaten bedrängt und auf die Erde geworfen wurde, wie sie grellend schrie und hilflos schluchzte, als die Männer sich belustigt entfernten.

Erinnerte sich, wie sie den Handwagen mit der letzten Habe durch Regen und Schnee zog, das letzte Brot ihm und dem Bruder reichte. Wie man in Göhrendorf hauste, sie abends müde und zerschlagen von der Arbeit kam und unermüdlich beteuerte, euer Vater lebt, er wird kommen und wir werden glücklich sein. Er begriff zum ersten Male, wie aufopferungsvoll und mutig seine Mutter, diese einfache und redliche Bauersfrau, war und bereute früheres Fehlverhalten und Überheblichkeit ihr gegenüber. Als er mit Horst vor ihrem Krankenbett stand, lächelte sie, obwohl schwach und vom Tode gezeichnet: „Ach ihr beiden, ich sterbe. Wenn Papa kommt, seid gut zu ihm."
Nach einer Pause:
„Er hat Schweres durchlitten. Sagt ihm, ich war ihm immer treu und warte auch im Jenseits auf ihn. Wenn meine Augen gebrochen sind und ich kalt bin, dann schaut mich an ohne Angst und ohne Trauer. Ich werde euch anlächeln, euch so meine Liebe zeigen und weiterhin bei euch sein. Ja, meine Seele lächelt. Behaltet mich so im Gedächtnis. Meine Seele wird weiter leben. Nun geht, ich bin müde."
Das war ihr Testament. Sie schloss die Augen. Hubert war keines Wortes mächtig. Er streichelte ihre Wangen, küsste sie und verließ das Zimmer. Er ging ins Freie, draußen wurde er von Weinkrämpfen geschüttelt. Er hatte nur einen Gefühlsgedanken, der wie in Zeiten großer Kindesnot in ihm hallte, klagte und um Hilfe schrie. Mutti, Mutti, Mutti. Er verstand, sie ist tot, ohne es zu

verstehen. Irgendwann stöberten ihn die Kinder von Horst auf, die ihm verschüchtert mitteilten, dass Oma verstorben sei. Nach der Beerdigung fand Hubert keine Worte dafür, was in ihm vorging. Er versank in einem Meer der Gefühle von Schwermut. Er strich sich mit der Hand über die Augen. Soeben hatte er sich von seinem Bruder und seiner Familie mit kläglichem Lächeln verabschiedet und sich dabei in Schweigen gehüllt. Als er nun zum Bahnhof ging, überwältigten ihn Trauer und Schmerz. Er schluchzte und konnte Tränen nicht unterdrücken. Die Trennung von der Mutter, vom Bruder, den Freunden, dem Dorf und seinen ihm vertrauten Menschen schien ihm endgültig. Er ahnte, dass er seine zweite Heimat für immer verlassen würde und wusste, dass es der Ehrgeiz war, der ihn in die Fremde trieb. Ihm war, als ob ihm ein Teil seines Selbst aus dem Herzen gerissen würde und begriff erschüttert, dass alles in diesem Leben vergänglich ist.

V

Hubert erhielt von seiner Zeitung den Auftrag, über einen besonderen Fall von Republikflucht und Menschenhandel zu berichten. Ihm wurde die Genehmigung zur Teilnahme an einer geschlossenen Verhandlung vor einem Sondergericht in Leipzig erteilt, zugleich erhielt er Einblick in das vorgefertigte Exposé der Urteilsbegründung. Er wusste, dass er nur den Inhalt dieses

Entwurfs wiedergeben durfte. Noch vor der Verhandlung verfasste er seinen Bericht und überschrieb ihn plakativ : Der organisierte Menschenhandel der Revanchisten. „Da stehen sie, zwei bezahlte Abwerber und Agenten des westdeutschen Finanzkapitals, schuldbewusst und reumütig vor unserem Volksgericht. Sie schildern verlegen und beschämt, wie sie sich an Bürger der DDR anschlichen, ihnen Geld, Ersatz ihres Vermögens, berufliche Aufstiegschancen und Kredite versprachen und so einige Facharbeiter, Ärzte, Ingenieure und Wissenschaftler zum Landesverrat überredeten und selbst für jeden Abgeworbenen eine Judas-Prämie von 5000 DM einstrichen. Bedachten die Flüchtigen, dass sie ein Land verlassen, das keine allgemeine Wehrpflicht kennt, keine Faschisten im Staatsapparat hat und niemand zum Kriege hetzen und sich an Rüstungsaufträgen bereichern darf? Sie dankten dem Arbeiterstaat für Stipendien, Gehälter und Sozialleistungen mit gemeinem Verrat. Sie sind zur Uni gegangen, wurden feine Pinkel. Haben uns von oben betrachtet, umnebelt von Standesdünkel. Sie haben unser Geld genommen wie eine Hure, gewissenlos. Und huren nun weiter. Und ihre Verführer? Wir fordern eine harte Strafe ohne Hass. Ihre innere Besinnung und Umkehr sei das Maß für einen zukünftigen Gnadenerlass."

Zur Gerichtsverhandlung im Gebäude des Landgerichts Leipzig waren nur drei Journalisten zugelassen worden. Die zwei Angeklagten, ein Ehepaar, er Physiker und Professor an der Technischen Universität Dresden, sie

Allgemeinärztin in freier Praxis, wirkten äußerlich gepflegt. Die Anklage warf beiden Beihilfe zum ungesetzlichen Grenzübertritt im schweren Fall vor, strafbar gemäß § 213 StGB. Er verweigerte jegliche Aussage, sie las von einem Blatt ein umfassendes Geständnis ab. Die Transitstrecke Hamburg – Berlin nutzten sie danach als Fluchtweg. An der Grenzübergangsstelle Lauenburg/Elbe wurde den Fluchthelfern von Grenzbeamten ein Transitvisum ausgestellt mit Vorgaben über die Wegstrecke und die Fahrzeit. Kurze Aufenthalte an Transitgaststätten waren erlaubt. Die westdeutschen Fluchthelfer hielten an einer Gaststätte in Ribbeck/Havelland direkt an der B 5 kurz an, um angeblich einen Blick auf das Schloss des Herrn von Ribbeck zu werfen, das sich etwa 80 m von der Gaststätte entfernt befand. Sie wurden dabei von der Stasi beobachtet und lenkten die Spitzel ab, indem Sie fotografierten, Einheimische ansprachen, Interviews durchführen wollten oder Gehöfte betraten. Die Fluchtwilligen nutzten die Gelegenheit und schlichen sich in dieser Zeit in das abgestellte, unverschlossene Fahrzeug, füllten vorbereitete, gefälschte und abgestempelte Transitpapiere aus und reisten mit den legalen Transitreisenden über Nauen nach Westberlin. Als die Angeklagte ihr Geständnis vortrug, langsam, schwer atmend, ihre Reue und ihr Bedauern beteuerte, stockte Hubert der Atem. Er erkannte sie als Klassenkameradin aus seiner Oberschulzeit. Er trug von ihr das Bild eines großgewachsenen, braunhaarigen, sehr schönen

Mädchens in sich, das stets höflich, zurückhaltend und hilfsbereit war. Er sinnierte, wer hätte das von ihr gedacht und begann, ihr aufmerksam zuzuhören. Er hörte das Zittern ihrer Stimme bei schläfrigem Tonfall, sah ihre müden und ausdruckslosen Augen, ihr fahles Gesicht, bemerkte ihre psychische Verlangsamung und ihre verzögerte Reagibilität. Die heftigen Vorwürfe des Staatsanwalts nahm sie unbewegt hin, blieb passiv und desinteressiert, wirkte beeinflusst und mechanisch funktionierend. Nach den Plädoyers von Staatsanwalt und Rechtsanwalt erhielt sie das letzte Wort.
"Ich nehme alle Schuld auf mich. Ich bitte alle Menschen um Verzeihung, die ich enttäuscht habe."
Hubert berührte und beunruhigte die Szenerie auf unerklärliche Weise. Er bat den Staatsanwalt, einige wenige Worte mit der Angeklagten wechseln zu dürfen, um seinen Zeitungsbericht eindrucksvoll abfassen zu können. Es wurde ihm erlaubt. In Gegenwart eines Beamten saßen sich in der kahlen Wartezelle des Gerichts Hubert und die Angeklagte gegenüber. Hubert sprach sie wie eine alte Bekannte an.
„Ilse, erkennst Du mich? Ich bin der Hubert, kann ich Dir irgendwie helfen? Ich arbeite als Journalist bei der Makranstädter Volkszeitung, vielleicht finde ich eine Möglichkeit..."
Ilse betrachtete ihn prüfend.
„Natürlich erkenne ich Dich. Wir hatten eine schöne Schulzeit zusammen. Du warst immer anständig und so ...ja, so grundehrlich und verlässlich. Ich habe eine große

Bitte. Ich möchte Deine Leser wissen lassen, wie sehr ich unter meinen Verfehlungen leide und sie bereue. Teile ihnen authentisch mit, Wort für Wort, wie es mir geht und wie ich zu meinen Straftaten stehe.
Wirst Du es tun?"
Hubert nickte bejahend. Sie zog einen Zettel aus ihrer Jackentasche und diktierte ihm:
„Ich weiß, ich bin ein Verräter. Das Geld aus dem faschistischen Bonn hat mich korrumpiert. Wie ein Maulwurf habe ich mit Lügen unseren Einsatz für Frieden und für Wohlstand unterwandert. Unsere Staatsgewalt hat die grässliche Folter meines Gewissens dem Volke gegenüber beendet. Ich bekenne, es ist mein Ziel, beim erfolgreichen Aufbau der sozialistischen Neustrukturen mitzuwirken und alle subversiven Agenten zu entlarven. Es lebe das neue Deutschland."
Hubert hatte fleißig mitgeschrieben. Er wagte nicht aufzublicken, saß starr, verstört und versteinert. Ilse hatte ihm einen verschlüsselten Text diktiert. Jedes sechste Wort enthielt die eigentliche Botschaft, hier wohl an eine Fluchthelferorganisation gerichtet:
Verräter (aus) Bonn - (ist) Maulwurf - (hat unseren) Einsatz - unterwandert - Folter (beendet) - Neustrukturen - Agenten entlarven.
Sie hatte sich einer Informationstechnik bedient, mit der man als Schüler spielerisch während der Schulzeit sich geheime Nachrichten zugesteckt hatte.
Hubert vergewisserte sich.
"Du denkst immer noch an die vergangenen Jahre und

unsere harmlosen Geheimspiele in der Schulzeit?"
„Ja Hubert, diese Zeiten haben uns aneinander gebunden, es ist schade, dass wir uns später aus den Augen verloren haben. Wirst Du mein Bekenntnis in Deinen Bericht übernehmen?"
Hubert zögerte einen Augenblick, dann ergriff er ihre rechte Hand und versicherte:
"Ich werde Deine Worte übernehmen. Ich weiß, wie wichtig es für unsere Leser ist zu erfahren, dass Du Dich nicht aufgegeben hast und für unsere gerechte Sache kämpfen wirst. Ich freue mich, dass Du zu diesem Bewusstsein gefunden hast."
Er erhob sich, umarmte die weinende Ilse und verließ die Zelle.
Am nächsten Tag erschien in Huberts Büro ein Stasioffizier und bat, Einsicht in den Bericht über die Gerichtsverhandlung nehmen zu dürfen, noch bevor er gedruckt werde.
„Die Sache ist heikel, in der Bevölkerung wird manches falsch interpretiert."
Hubert legte ihm den mit Schreibmaschine verfassten Text aufgeregt vor. Wird er den Text dechiffrieren? Der Offizier las das Skript sorgfältig durch, brachte keine Korrekturen an, strich keine Passagen und verabschiedete sich mit freundlicher Süffisanz:
"Ist in Ordnung, vielleicht lernt diese Frau bei den Schulungen im Knast ein besseres Deutsch. Sie hat sieben Jahre und er hat dreizehn Jahre bekommen."
Hubert atmete schwer durch. Ihn befielen grauenhafte,

quälende Vorstellungen. Was wird aus ihren zwei kleinen Kindern, was hat sie eigentlich verbrochen? Wird man sie weiter foltern, zermürben, peinigen? Aussagen und Selbstbeschuldigungen erzwingen? Wird sie mich verraten? Er zog sich seinen Mantel über, übergab der Sekretärin des Chefredakteurs den genehmigten Artikel und eilte zu einem Musikfestival, über das er schreiben sollte. Als er spät abends nach Hause kam, klopfte er bei seinem Vermieter an und betrat nach Aufforderung dessen Wohnzimmer. Hubert ließ sich in einen Sessel nieder.

"Franz, ich haue ab."

„So, Du willst uns also verlassen?"

„Ich haue in den Westen ab."

„In den Westen? Was willst Du dort?"

„Weiß ich nicht. Ich will nur weg von hier. Ich habe alles satt. Ich ertrage die Bevormundung, die beständige Bedrohung nicht mehr. Ich habe Angst, falsch zu denken, falsch wahrzunehmen, falsch zu sprechen, falsch zu schreiben und dafür bestraft zu werden. Ich haue ab."

„Was suchst Du, was fliehst Du?"

„Ich flüchte vor diesen fanatischen Psychopathen. Was mich erwartet, weiß ich nicht. Es kann nicht schlimmer werden."

„Und wie willst Du Deine Flucht anstellen?"

„Mein Bruder ist Grenzsoldat, er wird mir helfen."

„Es gibt Barrieren. Zunächst eine Sperrzone fünf km vor der Grenze. Für den Aufenthalt in dieser Zone brauchst

Du einen Berechtigungsschein. Unmittelbar vor der Grenze ist ein 500 m breiter Schutzstreifen angelegt worden. Wer sich unbefugt darin bewegt, wird verhaftet. Die Grenze selbst ist mit einem fünf Meter breiten Kontrollstreifen gesichert, er heißt auch Todesstreifen. Er wird täglich gepflügt, hat einen Stacheldrahtzaun, ist zum Teil elektrifiziert oder mit Selbstschussanlagen bestückt, alle Sichthindernisse sind entfernt worden. Hinter dem Zaun ist Niemandsland angelegt worden. Der Kontrollstreifen hat Wachtürme, auch Bunker, wird von Soldaten intensiv überwacht, die den Befehl haben, jeden Grenzübertritt zu verhindern, auch mit Waffengewalt. Hubert, wie willst Du diese Grenze überwinden? Hast Du einen Plan, hast Du Helfer? Du musst wissen, dass Du Dein Leben aufs Spiel setzt."

Hubert blickte ratlos.

„Ich werde es versuchen, vielleicht kann mir mein Bruder helfen."

Franz entfernte sich, kam mit einer Flasche Rotkäppchen und drei Gläsern aus der Küche zurück. Seine Frau folgte ihm. Franz goss den Sekt ein, man stieß an und Frau Gall forderte ihren Mann auf:

"Los, hilf ihm! Es wäre doch nicht das erste Mal."

„Langsam, nur langsam. Zuerst muss ich wissen, an welchem Grenzabschnitt Dein Bruder den Dienst versieht, zu welchen Zeiten und mit wem. Erst danach kann ich Dir einen Berechtigungsschein für die Sperrzone besorgen und einen Begleitoffizier, der Dich unkontrolliert bis zum Schutzstreifen bringt. Also kläre das mit Deinem Bruder und das Weitere wird sich daraus ergeben."

Hubert wurde neugierig.

„Bist Du etwa........?"

Franz winkte ab.

„Keine Fragen, Wissen kann den Tod bedeuten."

Horst war verwundert, als Hubert während dienstfreier Tage in Göhrendorf auftauchte, seine Kinder großzügig beschenkte und doch still und in sich versunken war. Sie spazierten stumm über den Anger auf Feldwegen Richtung Jülendorf. Horst brummelte:

"Was hast Du auf dem Herzen?"

„Ich brauche Deine Hilfe. Ich will in den Westen. Kannst Du mir behilflich sein?"

Horst schwieg lange Zeit. Dann trug er seine Bedenken vor.

„Wir sind heimatverbunden. Keiner aus unserem Dorfe ist bisher geflüchtet. Und es ist gefährlich. Du weißt, wir haben Schießbefehl. Selbst Frauen und Kinder sind davon nicht ausgenommen. Sollen wir nicht unsere Pflichten da erfüllen, wo sie uns das Schicksal auferlegt hat?"

„Horst, ich fordere nicht, ich frage nur an. Wir alle denken große Dinge und wagen nichts. Unsere Studierten haben alle ihre Nische gefunden, in der sie das eingezäunte Weideglück von Kühen genießen. Sicherheit, Behagen und grünes Gras. Sie kauen wieder, was man ihnen zu fressen erlaubt. Doch ihr zweites Ich kämpft mit dem schattenhaften Drachen, befreit die Jungfrau, betritt das

Reich der Nacht und des Lichts, besteht Wasser- und Feuerproben und errettet die Welt vor dem Untergang. Das ist unser Selbstbetrug, an dem wir uns erbauen. Wir träumen uns als große Helden. An diesem Schatten richten wir uns auf, er liegt uns zumeist zu Füßen und wächst gigantisch über uns hinaus, wenn die Sonne sinkt und der Tag endet. Was, wenn der Schatten ganz schwindet und wir uns nicht mehr mit dem Scheine täuschen können? Wir uns selbst ausgeliefert sind? Die Wirklichkeit uns im Würgegriff hält? Ich bin kein Held, doch unsere sozialistische Wirklichkeit ertrage ich nicht, ich ertrage nicht länger die selbsternannten Heiligen des Fortschritts, die den Menschen Traumgebilde vorgaukeln und sie real schinden und versklaven."
Horst lächelte und wie aus einer anderen Welt flossen seine Worte unwiderlegbar dahin:
„Bruderherz, in Gegenwart der Klugen, der Mächtigen und der Herrschenden wird stets gelogen. Dort lernt man Menschen nur mit Verstellung kennen. Was ist wahr? Auch wenn Du Deine Augen schärfst, die Tiefe des Scheins liegt im Dunkeln und ist nicht zu erkennen. Das Wahre ist wie grelles Sonnenlicht, in das wir schauen. Es blendet und ist schwer erträglich. Deshalb leben wir mit geschlossenen Augen. Öffne Dich und sieh, wie Friede und Harmonie zwischen Pflanzen, Tieren und uns beiden gegenwärtig sind. Der Mythos der beseelten Natur, in der alle Gegensätze aufgehoben sind, in der Endlichkeit und Unendlichkeit, Zeitlichkeit und Ewigkeit verschmelzen und der Mensch trostreich, mild und hoffnungsvoll seiner

Vollendung zustrebt, dieses Ruhebild ist meine Wirklichkeit. Selbstverständlich werde ich Dir bei Deiner Flucht helfen. Ich werde aus mir treten und für Dich wie mein imaginierter Schatten sein. Mutig, furchtlos, mannhaft und Dir in Treue ganz ergeben. Bedenke, wir verklären Visionen stets als edle Wahrheit und bewerten den Alltag als misslungene Wirklichkeit. Es ist leicht zu rebellieren und schwer zu regieren. Drum mahne ich : Du stichst in See und weißt nicht, in welchen Hafen Du anlegen wirst. Du glaubst, bessere Menschen, bessere Verhältnisse, die große Freiheit zu finden. Du hörst bereits die Fanfaren, die den neuen Tag ankündigen. Dein Glaube ist erträumte Hoffnung, nicht die Wahrheit. Aber ich werde Dir helfen."

Die Brüder besprachen Möglichkeiten und Details des illegalen Grenzübertritts zwischen dem Abschnitt Salzwedel und Bergen im Wendland, wo Horst als Grenzsoldat eingesetzt war.

Sehr viel sachlicher und detaillierter wurde Huberts Fluchtplan bei seinem väterlichen Freund Franz abgehandelt. Herr Gall ließ sich über die Vorschläge von Horst unterrichten und informierte dann Hubert über seinen Fluchtplan:

"Du fährst am Wochenende mit dem Zug über Magdeburg und Oebisfelde bis nach Salzwedel. Ein Grenzoffizier wird Dich begleiten, Du brauchst also keine Personenkontrolle befürchten. Sprecht laut und ungezwungen über eure Familien und Deinen Erholungsurlaub. Ihr werdet gegen 16 Uhr in Salzwedel eintreffen, vom Bahnhof bis zu Deiner Tante hast Du 20 Minuten Fußweg. Dein Begleiter, der Offizier, wird Dich verlassen. Du kaufst für Deine Tante einen großen Blumenstrauß und freust Dich mit ihr auf die Urlaubstage im Wendland. Abends geht ihr gemeinsam gegen 19 Uhr ins Kulturhaus zum Abendessen, Du bewunderst die Altstadt und ihre Fachwerkhäuser. Gut gelaunt und angeheitert kehrt ihr in die Wohnung Deiner Tante zurück. Bei dieser Gelegenheit wird sie Dir einen Schleichweg zum Beobachtungsturm 9 zeigen und beschreiben. Der Turm hat Scheinwerfer, die aber nur selten eingeschaltet werden. Neben dem Turm befindet sich das Gassentor. Du bewegst Dich etwa 200 bis 300 Meter davon entfernt, kannst Dich aber daran orientieren. Du läufst etwa 1000 Meter parallel zur Grenze, dann kommst Du an den Kontrollabschnitt zwei, der von Deinem Bruder und einem weiteren Soldaten zwischen 22 Uhr und 2 Uhr gesichert wird. Du startest gegen 23 Uhr von der Wohnung Deiner Tante, trägst nur dunkle Kleidung und hast Dein Gesicht schwarz gefärbt. Deine Tante wird Dich herrichten. Die Gegend ist leicht wellig, hat Heideflächen und kleine Wäldchen. Etwa 50 Meter vor dem Kontrollstreifen befindet sich im Bereich des Schutzstreifens Gebüsch. Dort versteckst Du Dich, bis Du Lichter von Taschenlampen aufblitzen siehst. Du läufst in gebückter Haltung darauf zu, der begleitende Grenzsoldat Deines Bruders weiß Bescheid, er gehört zu uns. Du kannst die Grenze mühelos überschreiten, dort gibt es keine Minen und keine Selbstschussanlagen, der

Grenzzaun ist an dieser Stelle defekt. Hast Du alles verstanden? Wenn ja, dann Gut Glück!"

„Franz, erkläre mir, diese Organisation, was steckt dahinter?"

„Ich habe Dir schon einmal gesagt, es ist für uns alle überlebenswichtig, nichts zu wissen. Nur so viel. Es gibt innerhalb der Partei eine starke Opposition. Den sowjetischen Genossen ist das bekannt, aber noch halten sie ihre schützenden Hände über Ulbricht und Co. Unsere Zeit wird kommen, das Rad der Geschichte dreht sich weiter, glaube mir."

Der Fluchtplan von Gall war durchdacht und schien mehr einem Spaziergang zu gleichen als einem Ausbruch.

Seine „Tante" in Salzwedel war eine schöne Frau von ungefähr sechzig Jahren. Sie wohnte in einem mittelalterlichen Fachwerkhaus und empfing ihn in einem vertäfelten Zimmer mit Eichenmöbeln. Sie sprach mit einem sanften und doch bestimmenden Tone und hatte freundlich strahlende Augen. Hubert überreichte ihr einen Blumenstrauß, sie bedankte sich und fragte, wie seine Reise gewesen sei. Ob es Probleme gegeben hätte. Er habe gewiss Hunger, junge Männer hätten immer Hunger. Deshalb schlage sie ihm vor, das Abendbrot auswärts einzunehmen. Da es noch taghell sei, könne sie ihm bei dieser Gelegenheit erste Eindrücke von den Sehenswürdigkeiten der Stadt vermitteln. Auf dem Weg zum Kulturhausrestaurant erzählte sie ihm Einzelheiten der Familiengeschichte. Sie sei die älteste Schwester seines Vaters und sei mit ihm auf einem Bauernhof in

Schlesien und drei weiteren Schwestern aufgewachsen. Der Hof habe achtzig Hektar bewirtschaftet und die Familie gut ernähren können. Der Großvater sei früh verstorben, sein Vater habe den Hof in jungen Jahren übernehmen müssen. Er sei ehrgeizig gewesen, habe weiteres Land gekauft und gepachtet und das vor allem aus der Mitgift seiner Mutter bezahlen können. Dann sei der Krieg gekommen. Die Tante erzählte und erzählte, Hubert hörte nur halb zu, überlegte, woher weiß sie das alles, das sind doch alles Mutters Erinnerungen. Seine Gedanken schweiften ab, befassten sich vorwiegend mit dem Grenzübertritt. Irgendwann, es war bereits dunkel, zockelte er mit der Tante zurück zu ihrem Haus. Er hätte nicht sagen können, was er zu Abend gegessen und was er von der Tante erfahren habe. Sie wies ihn in seine Fluchtroute ein, schwärzte sein Gesicht und seine Hände, begleitete ihn ein Stück des Wegs und verabschiedete ihn mit den Worten:

„ Ich führe das Werk meines Sohnes fort. Sie haben ihn wegen Republikflucht verurteilt.

Hilf auch Du Menschen, wenn sie in Not sind."

Unteroffizier Horst Kröne hatte an diesem Wochenende Bereitschaftsdienst und musste sich in der Kaserne aufhalten. Von 22 Uhr bis 2 Uhr war er als Patroullie der Grenze, Abschnitt 2 eingeteilt worden. Um 21 Uhr meldete er sich beim Abschnittskommandeur dienstbereit. Der verhielt sich leutselig zu Horst.

„Kröne, ab Montag haben Sie drei Tage frei. Ich wünsche Ihnen eine erholsame Zeit bei Ihrer Familie, Sie haben es weiß Gott verdient. Übrigens, Ihr Begleitoffizier ist erkrankt, Leutnant Diers wird mit Ihnen zusammen die Grenze überwachen."

Horst erbleichte, die Knien wurden ihm weich.

„Mensch Kröne, fehlt Ihnen was? Sie sind doch hoffentlich nicht auch erkrankt?"

Horst riss sich zusammen.

„Nein, Herr Major, ich bin gesund und dienstfähig. Habe manchmal kleine Schwindelanfälle. Und das schon seit Kindheit."

„Das ist nicht gut. Lassen Sie sich demnächst vom Arzt untersuchen. Es ist ein Befehl."

„Jawohl, Herr Major."

Horst begab sich benommen zur Waffenkammer und nahm dort das Gewehr in Empfang. Daran hatte keiner gedacht, dass ein Fluchthelfer ausfallen könnte. Ein Plan, die Grenzüberschreitung im letzten Augenblick noch abzublasen, bestand nicht. Hubert zurück zu beordern, war unmöglich. Horst wägte Alternativen ab. Hubert ins offene Messer laufen lassen? Den Leutnant überwältigen oder erschießen? Zusammen mit Hubert flüchten und den Leutnant als Geisel nehmen? Was wird dann aus Hildegard und den Kindern? Einen körperlichen Zusammenbruch markieren und so für kurze Zeit eine unbewachte Schneise für Hubert schlagen? Er verwarf alle Möglichkeiten und fand gedanklich keine Lösung für sein Dilemma. Er bestieg geistesabwesend zusammen mit Leutnant Diers einen Jeep. Sie wurden zum Kontrollpunkt gefahren und lösten die bisherigen

Wachhabenden ab. Der Leutnant schritt auf dem Kontrollstreifen voran, Horst folgte ihm. Jeder Schritt fiel ihm schwer, weil mit jedem Schritt sich das Unheil unausweichlich nahte. Er wurde kurzatmig und sein Herz presste sich zusammen. Er zog den Wachgang in die Länge. Blieb stehen und leuchtete den Grenzzaun unnötig ab, pinkelte oft, widmete sich ausgiebig verdächtigen Spuren auf dem Kontrollstreifen, forderte zum Halten auf, weil er menschliche Laute vernehme. Und konnte doch das Unvermeidbare nicht verhindern. In seiner Verzweiflung und Ratlosigkeit wünschte er, tot zu sein. Und musste leben. Er fühlte sich verlassen und betrogen, denn er hatte seinem Bruder das Beste gegeben, was er zu geben vermochte. Selbstlose Liebe. Nun erschien ihm das Leben leer und trostlos. Alles war verloren, gescheitert an der Widersinnigkeit und Absurdität des Lebens. Alles war schrecklicher, als das Schrecklichste je zuvor. Aber er ging weiter in der unbewussten, lebenserhaltenden und unbegründbaren Hoffnung, alles werde sich zum Guten wenden. Hilflos und ergeben.

Um 0.30 Uhr hockte Hubert zwischen Weidebüschen und Krüppelkiefern im Bereich des Schutzstreifens. Der gebückte Lauf hatte ihn angestrengt. Sein Herz raste, er war klatschnass trotz der spätsommerlichen, kühlen Temperatur. Er vergewisserte sich nervös und voller Unruhe immer wieder, wie spät es ist und meinte, dass die Zeit stehen geblieben sei. Ringsum herrschte Stille. Unweit vor ihm hoppelte ein Hase, halb verdeckt vom

Heidekraut, sodass nur seine langen Ohren zu sehen waren. Vögel piepten schlaftrunken im Gebüsch. Er nahm seine Umwelt nicht wahr und spähte voller Angst und Grauen hin zur Grenze. Am Himmel war kein Stern zu sehen, das Licht des Mondes durchbrach ab und zu schwach die dunklen Wolken und sie schienen wie eine schwere Last seine Seele zu erdrücken. In dieser Bedrängnis stiegen Erinnerungsbilder aus seiner Kindheit in Schlesien in ihm auf. Er sieht im Garten der Nachbarin Oma Lengert einen Eierpflaumenbaum mit herrlich verlockenden, gelben Früchten. Er klettert auf den Zaun, greift nach einer Frucht und hört Oma Lengert rufen. Berti, pass auf, dass du nicht fällst. Er springt vom Zaun und rennt nach Hause, so schnell ihn die Füße tragen. Wenig später erscheint die Oma im Elternhaus. Er sieht sie von Weitem und versteckt sich aus Gewissensfurcht in einer dunklen Ecke der Scheune. Dort hält er sich über Stunden verborgen, bis ihn die Mutter findet. Sie streichelt seine Haare, ihre Augen sind feucht und ihre Stimme ist weich und zärtlich. Berti, Oma Lengert hat dir einen Korb mit Pflaumen gebracht. Sie werden dir schmecken. Es ist gut, alles ist gut. Nun komm.

Bei dieser Vergegenwärtigung fand Hubert zur Gegenwart zurück . Seine Angst war wie fortgeblasen, die Vision entschwunden. Er faltete die Hände und betete. Lieber Gott, steh uns bei. In der Ferne entdeckte er wippende Lichter, die näher kamen. Er glaubte, die Silhouetten eines Menschenpaares zu erkennen. Die

Figuren schritten zügig auf dem Kontrollweg voran und leuchteten von Zeit zu Zeit mit Taschenlampen den Todesstreifen und den Grenzzaun an.
Hubert hielt es nicht länger auf seinem Warteplatz aus. Er sprang auf und lief hoch aufgerichtet auf die Männer zu. Ein Lichtstrahl erfasste ihn, eine scharfe Männerstimme forderte ihn auf:
„Halt, stehen bleiben, Hände hoch!"
Hubert rannte weiter und realisierte erst wenige Meter vor den Grenzsoldaten die Aufforderung. Im Vertrauen auf Horst hielt er sich nicht an den Befehl und durchquerte nun behutsam den Todesstreifen bis zum Grenzzaun. Er vernahm das Kommando:
„Entsichern, zielen, schießen!"
Sein Herzschlag stockte, als die Stimme seines Bruders antwortete:
„Nein, das kann ich nicht."
„Ich befehle es Dir!"
„Egal, ich schieße nicht!"
Hubert blieb stehen, drehte sich um und näherte sich vorsichtig den beiden Soldaten. Er erkannte, dass Horst von einem Offizier begleitet wurde. Der brüllte:
„Das Gewehr entsichern – das Gewehr anlegen – zielen und..."
Horst kam dem erneuten Befehl nach. In seinem Kopf hatte sich ein Gedanke festgesetzt.
„Ich schieße daneben und wenn er den Befehl wiederholt, erschieße ich ihn."
Hubert sah das Gewehr auf sich gerichtet, sah die

Gewehrmündung, sah das kleine schwarze Loch. Schweißperlen rannen ihm übers Gesicht. Er dachte, mein Bruder, ich liebe dich und du liebst mich. Warum tust du es, warum . Mutter, beschütze mich und beschütze ihn.

Der Offizier wiederholte:

„Zielen und ..."

Er zögerte.

Horst schloss die Augen, oh Gott, ich werde zum Mörder, was tun, was tun! Er legte den Zeigefinger an den Abzugshahn und schielte zum Leutnant, der neben ihm seitlich stand. Da schlug der Offizier das Gewehr von Horst auf den Boden nieder und schrie ihn an: "Bist Du von Sinnen? Einen wehrlosen Menschen erschießen? Willst Du den Fluch Gottes auf Dich laden?"

Die Brüder, bleich und zitternd, konnten das Unfassbare, das Irrsinnige, das Unglaubliche, das Wirre, das Abstruse der Situation nicht begreifen. Sie raubte ihnen Besinnung und Verstand. Sie waren bislang überzeugt, dass ihr Leben berechenbar und planbar nach rationalen Gesetzen ablaufe. Irgendwie, diffus und unbestimmt, begriffen sie nun, dass ihr Leben nicht von eigener Klugheit und Kraft bestimmt wird, sondern punktuell von Zufälligkeiten. Oder nicht? War es Vorbestimmung? Der Wille eines gütigen Gottes? Oder hatte nur Menschlichkeit die Macht besiegt, das Gute das Böse? Da standen sie zu Dritt, stumm und erschüttert, waren einer Urerfahrung begegnet und wussten sie nicht zu deuten. Hubert fasste sich zuerst. Mit einer hilflosen Geste wies er auf Horst.

„Es ist mein Bruder."
Der Leutnant setzte sich auf einen Baumstumpf. Er zündete sich eine Zigarette an, stützte den Kopf in seine Hände und sprach mehr für sich als zu den Brüdern: „Er ist auch mein Bruder. Alle Menschen sind die Kinder Gottes."
Hubert fragte stockend:
„Und warum haben Sie den Schießbefehl gegeben?"
„Einen Menschen zu töten ist immer Unrecht. Mein Vater ist auf der Flucht in die Schweiz von den Nazis erschossen worden. Nach dem Prozess konnte und wollte ich nicht glauben, dass der Todesschütze untertänig und fast willenlos einem archaischen Befehl gehorcht hat, wie er vor Gericht zu seiner Verteidigung beteuert hatte. Jetzt glaube ich es. Jeder Mensch lässt sich zum Mörder erniedrigen. Gehen Sie in Ihre selbstgewählte Freiheit und erfreuen Sie sich Ihres Lebens dort."
An Horst gewandt:
"Es ist nichts passiert. Es ist nichts geschehen von besonderer Bedeutung. Kein meldepflichtiges Ereignis. Wir kontrollieren weiter und verhindern jede Grenzverletzung. Marsch, marsch."
Und mit Zynismus zitierte er im Weitergehen:
„Lieb Vaterland, magst ruhig sein, der Deutsche, bieder, fromm und hold, beschützt die heilige Landesmark vor seinem eignen Volk."

VI

In Bergen wurde Hubert freudig empfangen. Journalisten scharten sich um ihn und fragten nach Details seiner Flucht. Seine Antworten waren abweisend. „Ich habe mich mit einer Tarnkappe unsichtbar gemacht." „Ich hatte Riesenflügel, die mich über die Grenze trugen." „Mit Klugheit und mit List bin ich entkommen, die Kommunisten sind ja blind." So ließ das öffentliche Interesse an seiner Person schnell nach, zwei Tage später sprach kein Mensch von ihm, seine Flucht war vergessen. Die amtlichen Formalitäten seiner Einreise erledigten sich zügig. Er erhielt, von wem auch immer, eine ansehnliche Summe an Empfangsgeld, reiste nach Bonn und mietete sich hier eine kleine Wohnung. Er trat in eine neue Welt ein, es war für ihn wie ein Akt des Gebärens. Er sah die Welt und sein Leben neu wie alle Menschen, die sich der Umarmung des Todes gerade entwunden haben. Er erwachte aus einem Zauberschlaf und erkannte im anderen Vaterland wie durch ein Vergrößerungsglas die verborgensten Dinge in ihren Konturen mit aller Schärfe, die er zuvor selbst nicht wahrgenommen hatte. Die Menschen wollen nicht glauben, dass es ein Ende gibt. Sie tun alles, um sich der eigenen Vergänglichkeit nicht bewusst zu werden. Treuherzig und bieder, tugendhaft und demütig gleich einem geblendeten Landpfarrer, begegnete ihm eine Lebensart, die ihn in Erstaunen und Verwunderung versetzte. Frauen schminken sich, schmücken sich mit teuren Schmuck, hüllen sich in modische Kleidung, verdecken mit Tusche alle Kennzeichen ihres Alters. Ihre ganze Lebensenergie konzentriert sich darauf, betrachtet, begehrt, beneidet zu werden. Sie reduzieren sich auf eine Funktion, das Substantielle ihres Menschseins verkümmert. Doch was, wenn Frauen nicht mehr gebären können, wenn sie nicht mehr Leistung erbringen, ihre Spiritualität versiegt, alt werden und sie ihre zeitliche Hülle abstreifen müssen? Schweigen, Schweigen, Ratlosigkeit. Und die Männer? Sie präsentieren sich ähnlich. Pflegen einen Kult um Jugend, Gesundheit, Ernährung, Spiel, Freizeitvergnügen, Obskurität oder parapsychologische Phänomene. Ihre Leidenschaft wird erfolgreich vermarktet und übertüncht spirituelle Zukunftsbilder und Selbstreflexion.

Heißa hussa, das Leben ist Spaß, wir leben um zu sterben, wie ist die Welt so schön. Worüber können sie noch reden, worüber sich gedanklich noch ernsthaft austauschen? Die Politik propagiert die Atombewaffnung, die militärische Aufrüstung, die Wiederbewaffnung und beschwört die Wirkung von Drohung und Abschreckung nach der Logik, wir wollen den Frieden und bereiten deshalb den Krieg vor. Das östliche Gegenstück von schwarz begegnete ihm als weiß auf Schritt und Tritt: Die Russen wollen Krieg, die Welt erobern und versklaven. Hubert begriff, auch hier ist Hirnwäsche, Manipulation, geistige Vernebelung, die der Gier nach Macht und Geld entspringt. Das große Geld dirigiert, was ich höre, was ich lese, welche Filme ich sehe, was Kult und was Mode ist, welche Reportagen und welche Berichte veröffentlicht werden, wer unsere Feinde sind, die uns bedrohen. Drum müssen Regierungen beseitigt, ferne Länder bekämpft, ihre Städte zerbombt, ihre Wälder entlaubt, ihr Land entvölkert werden zur Verteidigung abendländischer Werte und als heilige Mission der Demokratie. Mit Erstaunen stellte er fest, dass die grauseligsten Schauergeschichten verfangen, ihre Funktion als Angstabwehr erfüllen und den Bürger mit gutem Gewissen schlafen lassen. Oh Ost, oh West, ihr ähnelt euch wie Zwillingsbrüder. Er war in eine Gesellschaft geraten, in der die meisten sich damit begnügen, ihre materiellen und leiblichen Bedürfnisse zu befriedigen, Teilhabe am Wohlstand zu haben und am Tischlein- deck- dich zu sitzen. Das Gleichgewicht von Materie und Geist ist verloren gegangen. Man schleppt Denken und Geist wie Ballast mit sich, um sie bei der nächsten Müllhalde zu entsorgen. Das Erstaunlichste, die Menschen finden in dieser Gesellschaft ihr Glück, sehen das goldene Zeitalter anbrechen und weisen die geistigen Dimensionen und die sinntragenden Elemente des Daseins als veralteten Spuk zurück. Das Lebensgefühl, uns geht es gut, schlägt alle geistige Auseinandersetzung tot. Enttäuscht über so viel greise Taubheit und Hoffnungsverlust, schwankte er zwischen den Ideen der kommunistischen utopischen Traumbilder und der kapitalistischen Realität. Er gewann beiden Modalitäten positive und negative Seiten ab und wurde Zwitter. In ihm verdichtete sich dabei die Überzeugung, dass die Windstille des Geistes der Totengräber des kapitalistischen Systems, die materielle Verelendung der Menschen der Totengräber des sozialistischen Systems sein wird. Auf die Lustbarkeiten der westlichen Gesellschaft zu verzichten, das wollte er allerdings auch nicht. Er verteidigte nachdrücklich und fanatisch die Notwendigkeit sowohl der geistigen Erneuerung, als auch die Grundlagen des materiellen Wohlstands. Es war für ihn keine Frage, dass die Welt nicht mit lieben Worten oder Klassenkampfparolen lebenswerter wird, sondern nur durch die Entwicklung zu höheren Formen des Bewusstseins der Menschen über die Philosophie.

Hubert entschloss sich, seinen Lebensunterhalt als freier Mitarbeiter für Tageszeitungen und Zeitschriften in Bonn zu verdienen. Er schrieb interessante Abhandlungen über Sitten und Volksbrauchtum aus dem Gebiet des Niederrheins. Obwohl in der Branche bedeutungslos, erarbeitete er sich in kurzer Zeit Ansehen und Wertschätzung. Er wurde zum Neujahrsempfang der Bundesregierung in die Beethovenhalle eingeladen; eine außergewöhnliche Ehrung. Der Bundespräsident hielt eine kurze Begrüßungsrede, afrikanische und asiatische Bands gaben der Feier einen exotischen und weltoffenen Anstrich. Das Buffet wurde eröffnet. Hubert fühlte sich auf dem Parkett wie die Kuh auf dem Eis. Er war underdressed, kannte keinen der Geladenen und nur sein Schreibblock und sein Kugelschreiber, die er demonstrativ in den Händen hielt, gaben ihm etwas Sicherheit.

Es wurden Wasser, Bier, Wein und Champagner und natürlich Schnittchen, belegt mit Lachs, Kaviar, geräucherter Gänsebrust, Wildschweinsalami, luftgetrocknetem Bärenschinken, Gänseleber und andere auserlesene Köstlichkeiten angeboten. Hubert griff kräftig zu, trank einige Gläser Wein und begann, sich hier wie im ureigensten Element zu fühlen. Er registrierte, dass die Stimmung der Anwesenden ausgelassener wurde und sich kleine Grüppchen bildeten. Er hörte, wie Gläser angestoßen wurden, hörte das Lachen der wohlgelaunten Gäste und das Stimmengewirr im großen Saal. Hubert raffte sich auf, wanderte von Gruppe zu Gruppe in der Hoffnung, irgendetwas aufzuschnappen, was sich zu einem interessanten Zeitungsbericht verarbeiten ließe. Er gesellte sich zu einem Kreis, in dessen Mitte ein junger, elegant gekleideter Mann stand. Es war ein Spaßvogel, eine Naturbegabung, dazu geboren, andere zum Lachen zu bringen. Hubert notierte in Kurzschrift mit:
"Sie müssen wissen, dass Katharinenburg in Sibirien liegt. Dort ist die Zarenfamilie von den Bolschewisten erschossen worden. Ausgerechnet zu Silvester wurde ich per Eilpost zum deutschen Konsulat nach Nishni-Nowgorod befohlen. Nishni-Nowgorod ist die Heimatstadt von Gorki. Aber wie nach Nishni-Nowgorod reisen? Wir hatten 40 Grad minus und der Schnee lag über einen Meter hoch. Die Straßen waren nicht geräumt, es fuhr kein Bus und kein Zug. Was tun? Ich trieb mit viel Geld zwei Pferde und einen Schlitten auf und machte mich trotz aller Warnungen auf den Weg. Keiner wollte mich

begleiten. Natascha, meine hübsche Haushälterin, umarmte und küsste mich zum Abschied, bekreuzigte sich und verlor viele Tränen, die sofort als glitzernde Eisdiamanten von ihren Wangen rollten. Die Zeit drängte. Ich ließ mich nicht aufhalten und fuhr schweren Herzens von dannen. Mein Gespann hatte es schwer. Ich trieb die Pferde an und schlug auf sie ein. Sie dampften wie ein kochender Wassertopf, ich brüllte, schneller, schneller. Dann plötzlich, ich war noch keine zwei Werst gefahren, blieben sie stehen, zitterten am ganzen Körper und stießen herzerschütternde Schreie aus. Todesschreie. Sie fielen um und waren tot. Aber ich musste weiter. Ich wickelte mich aus meinem Pelz, stieg aus dem Schlitten, stapfte, nein , kämpfte mich durch den Schnee. Meine Damen und Herren, haben Sie sich schon einmal durch hohen Schnee bei eisiger Kälte gekämpft? Jeder Schritt ist eine Qual. Man sinkt tief in den Schnee ein, hebt das eine Bein mit letzter Kraft, setzt es vor, versinkt und zieht das andere Bein nach. Ich kam kaum voran. Mein Herz pumpte wild, mein Körper schmerzte, meine Kraft erlahmte. Da hörte ich plötzlich Wolfsgeheul. Die ausgehungerten Bestien kamen näher und näher, umzingelten mich und ich hatte keine Waffe. Ich sah im Mondlicht ihre glühenden Augen und ihre gefletschten Zähne. In meiner Todesnot schrie ich mit sich überschlagender Stimme: Ihr Hurensöhne- verzeihen Sie, das ist in Russland ein gebräuchliches Schimpfwort – verzieht euch! Ich muss zum Konsul! Sie blieben stehen, schauten fragend zum Mond und stimmten ihren schrecklichen Gesang an. Mein Requiem. Welch ein Requiem! Ich hatte eine plötzliche Eingebung. Ich stimmte so laut ich konnte in das Geheul mit ein, houi, houi, houi und bat den Himmel um Vergebung meiner Sünden, es sind wahrhaftig nicht wenige. Das Rudel antwortete mir mit houi, houi, houi. Ich war einer von ihnen. Drei Stunden lang habe ich dieses Duett durchgehalten, bis mich Jäger aus dieser misslichen Lage befreiten. Eine Woche lang konnte ich nicht mehr sprechen. Aber jetzt weiß ich. Nur wer mit den Wölfen heult, der überlebt."

Der Redner erhielt viel Beifall, nur die Frau eines Botschafters fauchte ihren Mann an:

„Das sage ich Dir, Du lässt Dich nicht nach dieser Burg versetzen."

In einer anderen Männergruppe ging es um recht anstößige Dinge, die Hubert nur wenig spaßig fand. Er wandte sich einer anderen Runde zu, in der heftig diskutiert wurde.

„Und ich sage Ihnen, die Malerei ist unreines Denken. Nur das Wort teilt uns differenziert die Wahrheit mit:"

„Oh nein, Musik ist die eigentliche geistige Kraft. Im Rauschen der Klänge und Melodien liegt das antizipierende Bewusstsein, ich will damit sagen, auch das Kind ist unfruchtbar und doch potentieller Vater zukünftiger Generationen."

„Meine Herren, was soll dieser stammelnde Unsinn über Dichtung und Musik. Es ist Kunst und Kunst ist, was verführt, lockt, Begierde weckt. Da werden Träume aus

dem Unbewussten wahr. Wir sind nie echter und wahrhaftiger als in unseren Träumen. Kunst ist also ein Mittel, sich selbst und das Leben zu verstehen."
„Was soll man in der heutigen Kunst verstehen, wenn auf die Leinwand farbige Kleckxsereien gebracht werden? Erkennt man da einen Zusammenhang von Physis und Metaphysis? Nein, man speist uns mit pseudologistischem Geschwätz ab. Denken Sie an den Boy oder wie er heißt. Er lügt frech, er sei während des Weltkrieges als Jagdflieger auf der Krim abgeschossen worden. Krimtataren hätten ihn mit Fett und Filz gesund gepflegt. Er vermarktet nun Fett und Filz als Kunst. Und die Kunstwelt bewundert des Kaisers neue Kleider. Mit Readymade und anderen inhaltslosen Begriffen lassen sich die Menschen fangen. Begriffe hatten schon immer eine hohe Zauberkraft, wenn sie unbestimmt genug sind, Wunschbilder des Menschen auf sich zu ziehen und irreale Welten vorzutäuschen."
Hubert fühlte sich von dieser Diskussion überfordert und schlängelte sich durch die schwatzenden Menschen weiter. Sie schmatzten und katschten, schluckten und schlangen, kauten und hieben heißhungrig in die Häppchen ein, die angeboten wurden, als ob sie einer Hungersnot gerade entkommen seien. In einer Ecke des Saales stand ein Mann von würdevoller Erscheinung, wohlbeleibt mit gepflegtem Bart, einer kompletten und glänzenden Glatze, einer Fettrolle im Nacken und einem Doppelkinn im Gesicht. Er trug einen Maßanzug und Hubert war sich sicher, dass er eine Persönlichkeit von

Bedeutung vor sich hatte. Er mochte sechzig Jahre alt sein und hielt einen gesetzten Vortrag vor jüngeren Leuten, die ihm aufmerksam lauschten. Seitlich neben ihm befand sich ein Mädchen mit schwarzen Lockenhaaren, samtweichen Brauen, mandelförmigen Augen und rotsaftigen Lippen. Sie stieß den Redner immer wieder an und flüsterte ihm zu, er solle nicht so viel sprechen und lieber die anderen reden lassen.

„Hören Sie doch endlich auf, es reicht, es reicht."

Er wehrte sie unwirsch ab und fuhr unbeirrt in seinen Ausführungen fort:

„Was aber ist das Ziel unserer Politik? Wir wollen die Freiheit, die soziale Gerechtigkeit, den Geist der Wahrheit. Es sind die Werte des christlichen Abendlandes, die wir nachdrücklich gegen den Bolschewismus, gegen den Nihilismus vertreten. Dort springt uns die Fratze der Unterdrückung entgegen, aber unsere Moral, unser Ringen um Menschlichkeit machen uns stark und überlegen...."

Hubert fragte das Mädchen:

„Ist das Ihr Vater?"

„Wo denken Sie hin. Nein, er ist Staatssekretär im Ministerium für Innerdeutsche Angelegenheiten. Und gelegentlich mein Liebhaber. Bringen Sie mich nach Hause?"

„Ich weiß nicht, bekomme ich dann nicht Ärger mit ihm?"

Noch bevor sie antworten konnte, tönte der Staatssekretär mit erhobener Stimme:

„Wir haben das Dunkel hinter uns gelassen, wir stehen am Ufer und streben einem neuen Tag entgegen. Dem kriegerischen Fanatismus der Kommunisten bieten wir die Stirn, kampfbereit mit unseren verbündeten Freunden...."
Hubert konnte nicht an sich halten, klatschte und rief:
„Ja, wie viele, die einst große Herren schienen, siehst du den Säuen gleich im Kote steh´n, und nichts als Schimpf und Schande bleibt von ihnen!"
Und der Schönen neben sich zugewandt:
„Das ist von Dante. Die Göttliche Komödie. Nicht von mir."
Der Gewichtige brach seine Rede ab, fixierte Hubert, zog ihn am Arm zur Seite und hastete:
„Schickt Sie Dante?"
Hubert witterte ein Geheimnis und raunte leise:
„Ja, ich soll ihm etwas bringen."
„Kommen Sie morgen um neunzehn Uhr ins Borsalino. Es ist in der Heerstrasse."
Hubert antwortete nicht und drehte sich um. Das Mädchen winkte ihm zu. Er ging zu ihr.
„Ich bin der Hubert, freier Journalist."
Sie war augenscheinlich leicht betrunken und bat mit schwerer Zunge:
„Nicht wahr, Du bringst mich jetzt nach Hause."
„Wie heißen Sie?"
„Jessica, das reicht. Sagen Sie zu mir nur Jessica."
Sie hakte sich bei ihm ein und zog ihn aus der Festhalle. Vor dem Taxistand erkundigte sich Hubert:

„Wohin geht die Fahrt?"
„Breite Straße 32."
Er rief dem Taxifahrer zu:
„Breite Straße 32."
Sie stieg nicht in das Taxi.
„Nur mit Dir."
Er war sich unsicher, war noch nie ein solches Abenteuer eingegangen. Sie quengelte:
„Los komm, zier' Dich nicht!"
Er gab sich einen Stoß und stieg ins Taxi ein. Jessica dirigierte den Fahrer bis zu ihrer Haustür. Hubert betrat mit ihr eine modern und geschmackvoll eingerichtete Dreizimmerwohnung. Sie ließ keinen Zweifel daran, was sie wollte. In der Wohnung schenkte sie ihm mehrfach französischen Cognac ein, prostete ihm zu und erklärte unumwunden, dass sie mit ihm schlafen wolle. Er lehnte es ab, begründete es damit , dass ihm Liebe etwas Heiliges sei und er an den Wert der Tugend glaube. Sie durchschaute und entwaffnete ihn mit einem Satz.
„Du bist noch Jungmann. Eine Seltenheit. Ich werde Dich entjungfern! Warte ein wenig, ich mache mich frisch."
Sie entfernte sich, er lümmelte im Sessel, leicht alkoholisiert, halb benommen. Dann erschien sie im Morgenmantel, darunter nackt, ließ sich auf den gegenüberstehenden Sessel nieder, schlug den Kimono zurück und lockte mit ihren teuflisch schönen Augen. Er betrachtete mit Bewunderung ihre jungen, prallen Brüste. Sie öffnete ein wenig die Schenkel und signalisierte

unverblümt ihre sexuelles Begehren. Er fühlte sich wie gelähmt, starrte nur zu ihr und wusste nicht, wie er sich verhalten solle. Obwohl bereits Mitzwanziger, war für ihn Liebe zärtliches Schwärmen, seliges Verliebtsein und träumendes Sichverlieren, das Entgegenkommende, das Zutrauliche und die trunkene Lyrik des Lebens. Liebe in dieser Direktheit war ihm fremd. Sie erhob sich, tänzelte zu ihm, beugte sich zu ihm nieder und küsste ihn. Ihre Küsse waren wie reife Wildbeeren, würzig und voller Kraft. Ihr Blut pulsierte, ihr Körper glühte und war bereit zu empfangen und Frucht zu tragen. Er umfasste sie. Sie war schlank und leicht. Seine Erotik war erwacht. Als ihre Hand über Brust und Bauch in seinen Schritt glitt, seine auferstandene Männlichkeit zärtlich, aber nicht zaghaft umfasste, konnte er sein Verlangen nicht mehr zügeln. Er stöhnte auf, lupfte sie und legte sie sacht auf den Teppichboden. Er stellte sich ungeschickt und unbeholfen an, sie half ihm, dass beide Körper verschmolzen. Seine Erotik war wie ein Schmetterling, der sich frei von den Lüften der Verzauberung tragen lässt, hingegeben der sinnlich überreichen Welt. Er hob und senkte sich über sie, sie schlank ihre Beine um ihn. Ihr Körper schwoll an und sie hauchte Liebster, Liebster. Er handelte wie in Trance, vom Instinkt geleitet, wild, tierisch und entfesselt. Er fühlte die Wärme ihres Körpers, fühlte, wie sie bebte und das Blut in ihr wogte und verströmte seine Liebe in sie. Beide erreichten gleichzeitig den Höhepunkt, umarmten sich glücklich und genossen erschöpft und entspannt ihre Vereinigung. Nach Minuten richtete er sich auf, entkleidete sich vollständig und trug Jessica ins Schlafzimmer. Er legte sie ins Bett, küsste sie, schmiegte sich an sie und schlief glücklich ein. Es war seine erste Liebesnacht.

Jessica wachte durch unbekannte Geräusche auf und wurde sich sehr schnell der gegenwärtigen Situation bewusst. Neben ihr lag Hubert und schien in einen tiefen Schlaf verfallen zu sein. Er lag auf der Seite und atmete tief und ruhig, sonst war nichts zu hören, nur die lautlose, schwebende Stille der Nacht. Sie betrachtete ihn. Seine Augen waren beschattet von dichten Wimpern, seine Stirn war leicht gewölbt, seine Nase schmal geformt, sein Mund hatte sinnlich aufgeworfene Lippen. Sie überlegte, ob es richtig sei, das Gesicht dieses hübschen Jungen in aller Heimlichkeit zu betrachten und ob sie für ihn nicht zu alt sei. Sie schüttelte alle Bedenken von sich, warf sich einen Morgenrock über und dachte laut, so ist es also mit der Liebe. Wiederholte den Satz, stand auf und ging lächelnd zur Küche. Sie werkte noch, als Hubert ihr verschlafen folgte. Er umarmte sie.

„Es war zauberhaft."

„Ja, es war ein Abend, an dem Fleisch und Geist glücklich sind. Ich liebe Dich."

Er strahlte sie mit seinen Augen an. Von ihr ging Frische, Stärke und Offenheit aus. Sie küssten sich.

„Komm, wir wollen frühstücken."

Hubert trank einen Schluck Kaffee.

„Mein Name ist Hubert Kröne. Und wie heißt Du?"

„Jessica Kummer."

„Du bist so stilvoll eingerichtet, was machst Du beruflich?"

„Ich arbeite als Begleitdame oder Escortdame, manche sagen dazu Hostess und manche Callgirl."

Er schaute sie ungläubig an. Sie blieb unbefangen, sprach frei und erwiderte seinen Blick offen. Er glaubte ihr. Er wollte ihr auch glauben. Sie holte weit aus und beschrieb sich spritzig und intelligent.

„Ich habe keinen selbstzerstörerischen Affekt, nur einen gerechten Hass. Ich genieße das Leben, nehme es leichter, als es das verdient. Schau, die Liebe ist immer etwas Beglückendes, gleich woher sie kommt. Die erste Liebeserfahrung prägt sich uns für immer ein. Es ist das Eindringlichste, was wir erfahren können. Diese Ersterfahrung ist Dauer und Bleibendes, das Gegenteil von Vergänglichkeit und Vergehen. Sie schmiedet sich in unsere Seele, lässt uns nicht mehr los und drängt auf Wiederholung. Ich habe Dir die erste sexuelle Liebeserfahrung geschenkt, Du wirst sehen, Du wirst Dich Dein Leben lang nach ihrer Erneuerung sehnen. Ich habe Dich an mich gekettet."

Ihm war, als wehte ihm ein frischer, warmer Frühlingswind bei ihren Worten entgegen. Und doch erahnte er die Zwielichtigkeit ihrer Existenz.

„Schön und gut, aber warum diese Betätigung?"

„Es ist Zufall oder Schicksal oder Vorsehung, ganz wie Du willst. Meine Mutter wollte nicht heiraten. Sie scheute eine verpflichtende Bindung und nannte es Freiheit und Selbstverwirklichung. Vielleicht liefen ihr die Männer deshalb davon. Sie hatte viele Männer und eines Tages mich. Sie wechselte nach wie vor ihre Partner, bis eines Tages Phillipo in unsere Wohnung einzog. Er war Italiener und ich kam damals gerade in die Oberschule. Phillipo war ein ungemein lieber Mensch. Er versorgte mich, spielte mit mir, half mir bei den Hausaufgaben, las mir abends Geschichten vor, unternahm mit mir Reisen. Ich liebte ihn, sprach ihn mit Papa an, kroch zu ihm ins Bett, schmuste mit ihm und war stolz, meinen Freundinnen einen so schönen Mann als Vater vorstellen zu können. Er hatte mich sehr gern und wir wurden so etwas wie ein unzertrennliches Liebespaar. Als ich Brüste bekam, streichelte er sie, liebkoste wenig später zärtlich mein Genitale und ich mochte und wollte es. Ich wollte seine Frau werden. Wenn ich auf seinem Schoß saß, wuchs sein Penis und stieß gegen meinen Körper. Ich rubbelte, er schob mich dann fort ohne Begründung. Ich aber trotzte, wurde unleidlich, bis meine Mutter ihn ausschimpfte und forderte, er solle lieb zu mir sein. Mit vierzehn Jahren ergriff ich die Initiative. Bei einem Ausflug zu einem Badestrand, meine Mutter schwamm im See, griff ich in seine Badehose und befriedigte ihn. Es war mein erstes intensives Sexerlebnis. Ich tat es in der Folge bei jeder günstigen Gelegen-heit. Er duldete es, genoß es und forderte es schließlich von mir. Und dann hatten wir den ersten Geschlechtsverkehr. Wir verkeilten uns intim, waren gierig und hemmungslos. Danach trieben wir es im Bett, im Bad, auf dem Flur. Stehend und liegend. So ging es bis zu meinem neunzehnten

Lebensjahr. Ich war glücklich und litt furchtbar unter Eifersucht auf meine Mutter, denn er schlief bei ihr. Phillipo meinte, dass wir etwas Unrechtes tun und begann zu trinken. Er bat mich immer wieder, lass uns die Geschichte beenden. Wir hatten nicht die Kraft dazu. Warum meine Mutter nichts bemerkte, verstehe ich bis heute noch nicht.
Eines Tages stand ich am Waschbecken im Bad, Phillipo kam herein. Er hob mein Nachthemd an, ich streckte ihm mein Becken entgegen und er befriedigte mich wie immer. Feurig und heftig. Es war wunderbar. Es schmatzte und die Luft war geschwängert vom Duft unserer Säfte. Wir bemerkten nicht, dass sich die unverschlossene Tür leise öffnete. Mutter muss wohl einige Zeit unser Tun beobachtet haben. Ich hörte nur, wie sie ruhig sagte:
„Phillipo, wenn Du fertig bist, verlässt Du sofort meine Wohnung. Und mit Dir Schlampe rede ich noch."
Sie erstattete gegen Phillipo Strafanzeige. Er fuhr zwei Tage später mit dem Auto gegen einen Brückenpfeiler. So habe ich den Menschen verloren, den ich über alles liebte und ich wusste nicht, wie ich seinen Tod überleben soll. Ich schloss mich über Wochen in mein Zimmer ein, nahm kein Essen und kein Trinken zu mir und wollte sterben. Aber wie? Ich war zugrunde gerichtet und begriff eines Tages, dass ich meinem Leid eine andere Leidenschaft entgegensetzen musste, um mich daran aufrichten zu können. Ich verließ mein Elternhaus und arbeitete weiter als auszubildende Friseurin in einem Herrensalon . Eines

Tages lud mich ein älterer Kunde zum Essen in ein nobles Restaurant ein. Er war Bundestagsabgeordneter und erzählte mir ununterbrochen von seinen erfolgreichen Kindern und seiner hübschen Frau, die ihn sehr glücklich mache. Nach dem Abendessen schliefen wir miteinander. Ich überlegte die ganze Nacht, warum ich mich auf dieses Spiel eingelassen hatte und warum er seiner Frau betrog, wo er sie doch so abgöttisch liebe. Ich fand keine plausible Antwort darauf. Der Abgeordnete bezahlte mich sehr großzügig, wir trafen uns danach regelmäßig und wurden Freunde. Eines abends, wir lagen im Bett und liebten uns, drang eine Frau gewaltsam in meine Wohnung ein. Sie stand plötzlich vor uns. Es war seine Frau. Sie sagte nichts, in ihrem Gesicht spiegelten sich Fassungslosigkeit und lähmendes Entsetzen. Sie glich meiner Mutter. In mir jubilierte und frohlockte es in diesem Augenblick. Ich erlebte einen Glücksmoment von explosiver Kraft, es war ein einmaliges, orgiastisches Gipfelerlebnis. Ich erfasste im selben Augenblick, dass ich die Rivalin gedemütigt, dass ich ihr den geliebten Mann genommen hatte, wie meine Mutter mir meinen Philippo. Ich hatte bewiesen, dass ich stärker war als die stets gegenwärtige Übermacht der Mutter. Und ich verstand, wie ich die imaginierte Hatz meiner Mutter immer wieder ins Leere laufen lassen konnte. Ich hatte den Spieß umgedreht, hatte besiegt, was mich zerstört hatte. In Bonn gibt es viele Abgeordnete, Politiker und Lobbyisten, die Frauen brauchen wie das tägliche Brot. Aber ihre Ehefrauen leben in anderen Städten und die

Männer sind mit ihrem sexuellen Verlangen in Bonn allein. Man kann sie leicht verführen. Ich wählte mir bevorzugt Männer aus, die mir gefielen und partnerschaftlich fest gebunden waren. Sie bezahlten mich, wir wurden vertraut und ich wurde eine liebe und verständige Zweitfrau für sie. Aber ich lauerte, war ständig auf der Pirsch und wartete auf die unvorhersehbare Gelegenheit, die in der Luft lag. Ich legte geschickt die Falle aus und hoffte , dass mich die Erstfrauen beim Sex mit ihrem Gatten überraschen. Der Sex mit ihren Ehemännern war mir nur selten Vergnügen. Einen unbeschreiblichen Kick bekam ich erst, wenn ich mich nackt aus dem Bett wickelte, vor der Betrogenen stand und sie tröstete. Oh, gnädige Frau, Sie können mir glauben, ihr göttlicher Mann hat sich beim Ficken mit mir unendliche Mühe gegeben. Ich beneide Sie. Das war der Höhepunkt meiner Leidenschaft und Inhalt meines Lebens. Gefangene und Befreite, das war meine Existenz. Hubert, kannst Du meine sadistische Lust nachempfinden?"

„Aber Deine Ehre, Deine Reinheit, Deine Tugend?"

„Ach weißt Du, Güte, Wahrheit, Ehre, Treue, das sind Begriffe jenseits unserer Natur. Sie lassen sich nicht zum Gegenstand der Selbsterkenntnis machen. Der Schmerz, die Angst, die Leidenschaft, das Hoffen und das Begehren sind das Primat des Wirklichen. Es sind nackte, durch Erkenntnis nicht überschreitbare Realitäten des Menschen. Ich weiß um die Fragwürdigkeit meines Tuns. Meine Siege hatten viel Leid im Gefolge. Aber Wissen

und Wirklichkeit sind unvereinbar. Abgehobene Ideen verändern den Menschen nicht. Mir hat nicht geholfen, dass ich die Ursachen meiner perversen Leidenschaft erkannt habe, um sie abzuschütteln. Ich erliege diesen Zwängen und leide darunter. Es ist eine täglich erwachende Begierde in mir, die meine Seele malträtiert. Zuverlässig, wie der Aufgang der Sonne. Bis zum gestrigen Tage. Seit wir uns begegnet sind, muss ich nicht mehr unter dieser Art von Liebe leiden. Mein Phillipo ist von den Toten auferstanden."
„Du hast unter Deiner Sexualität gelitten?"
„Sehr oft. Stell Dir die Männer vor, die mich besuchen. Betucht, aufgeblasen, eitel und in allen Dingen lächerlich, widerwärtig und ekelhaft. Mit Glatze, Tonnenbauch, dritten Zähnen und schlapprigem Fleisch. Es ist widerlich, wenn sie mich in Gesellschaften vorführen wie auf einer Hundeschau und noch widerlicher, wenn sie im Bett, oft angetrunken, ihre Potenz beweisen wollen und verzweifelt gegen ihre Impotenz ankämpfen. Ja, so habe ich meine wahre Liebesfähigkeit verloren und kann nur lieben, indem ich in allen Frauen meine Mutter hasse und sie bestrafe. Es ist die Süße des Zerstörens, die mich treibt. Und diesen Augenblick genieße ich körperlich und seelisch und kann davon nicht lassen. Das sagt mir jedenfalls mein Psychotherapeut. Und nun Hubert, urteile Du!"
„Du lebst in der Vergangenheit und bist zur Salzsäule erstarrt. Schau nicht zurück, öffne Dein Bewusstsein für die allgegenwärtige Liebe und Du wirst sie besitzen. Das

Haften an das Gewesene versperrt den Blick für das Zukünftige. Deine Gedanken sind eingeschlossen von Mauern, die Dich umgeben und Dich an sie schmieden. Deine verinnerlichte Verletzung versuchst Du mit Hass auf die Außenwelt zu heilen."
„Mag sein. Aber wie ist es bei Dir? Hat Dich Deine Außenwelt nicht auch geprägt? Hat sie Deinen Lebensentwurf nicht auch zunichte gemacht? Deine Überzeugungen und Hoffnungen nicht zerstört?"
„Ja, hat sie. Aber mir ist gelungen, aus dem auszubrechen, was man aus mir gemacht hatte. Ich denke frei und handle frei."
„Du naiver Dörfler, kluger Weltenflieher, verständiger Träumer, ich liebe Dich. Ich habe Dich verführt und weiß, dass man dem Verlust der Unschuld stets nachtrauert. Aber Dich, Dich liebe ich mit unschuldigem Herzen und nicht, um mich zu rächen oder um zu siegen. Du bist der Prinz, der mich vom Fluch des Zwanges erlöst und mir meine Freiheit zurückgegeben hat.
Ist das nicht wundervoll?"

VII

Hubert und Jessica berieten, was das Treffen mit Dr. Kloos auf sich haben könnte. Jessica wusste, dass Dante ein Alias ist, das sich ein Manfred Boll zugelegt hatte. Zwischen Kloos und Boll gebe es wohl undurchsichtige geschäftliche Beziehungen. Boll lebe in Westberlin und sei im Grunde ein Müßiggänger, der seine Zeit mit

Liebesgeschichten, Weinreisen, Spielen und Essen verbringe. Hubert müsse vorsichtig sein, damit er nicht in dubiose Machenschaften hineingezogen werde. Hubert versprach sich Hinweise für eine erfolgreiche Recherche und witterte eine Aufsehen erregende Geschichte, die ihn als investigativen Journalisten bekannt machen könnte. Er hoffte, eine politische Intrige aufdecken zu können. Er brach gegen 16.30 Uhr zu Fuß zum vereinbarten Lokal in der Heerstrasse auf, bestellte sich dort ein Bier und wartete nahe der Eingangstür auf den Staatssekretär. Dr. Kloos erschien pünktlich gegen 19 Uhr im Borsalino, überflog prüfend die anwesenden Gäste, sah Hubert und steuerte ohne Umschweife auf ihn zu.

„Bitte keine Vorstellung, keine Namen. Hier das Dossier."

Er entnahm seiner Kollegmappe die Zeitschrift Der Stern und legte sie auf den Tisch.

„Sagen Sie Dante, es muss zügig erledigt werden. Und nicht vergessen: Kurze Rede, langer Sinn, so wiehert mancher mit Eselsohren unvernünftig vor sich hin."

Drehte sich um und verließ grußlos mit schnellen Schritten die Gaststätte. Hubert, überrascht und verblüfft von diesem Auftritt, trank sein Bier aus, zahlte, rollte die Zeitschrift zusammen und trottete grübelnd zurück zu Jessica. Er schilderte ihr den Ablauf des Treffens.

„Das riecht nach einer großen Sache. Was willst Du tun?"

Er überlegte.

„Du sagst, Dante alias Boll lebt in Westberlin. Ich fahre

zu ihm."

„Um Gottes Willen, der Hase aus dem Dorf, der in höheren Sphären schwebt, will zwei kluge Igel überlisten? Was steht denn überhaupt im Stern?" Hubert und Jessica durchblätterten den Stern. Einmal, zweimal. Und fanden nichts.
„Er hat Dich reingelegt, Dich als Journalist lächerlich gemacht. Bald kannst Du eine Glosse über Dich im Rheinischen Merkur lesen."
„Nein, nein, das glaube ich nicht. Es ist alles so, wie soll ich sagen, so echt. Das ist kein Theater. Schreiben ist eine Kunst. Ein guter Satz will verstanden sein. Lies laut und langsam, damit wir nicht nur mit den Augen, sondern auch mit den Ohren das Verborgene erkennen."
Jessica tat wie geheißen. Das Pärchen forschte im Stern weiter, Seite für Seite. Schließlich resignierte Jessica: „Was ich lese, sind Klänge ohne Klang, sind Rhythmen ohne Tanz, sind Worte ohne Inhalt. Das kann es nicht sein. Es ist ein Text, wie er in den meisten Büchern geschrieben wird. Es wird viel erzählt und nichts gesagt."
Sie gaben nach Stunden auf und legten sich in den frühen Morgenstunden schlafen. Im Halbtraum vergegenwärtigte sich Hubert jedes Detail der Begegnung mit Dr. Kloos. Und plötzlich kam der Einfall. Er rüttelte Jessica unsanft wach.
„Ich habe es, ich weiß es. Er war so kurz angebunden und distanziert, mied jedes überflüssige Wort und hat mir doch einen scheinbar überflüssigen Vers deklamiert: Kurze Rede, langer Sinn, so wiehert mancher mit

Eselsohren unvernünftig vor sich hin. Das ist es, diese Worte enthalten eine Botschaft."

Beide sprangen wie elektrisiert aus dem Bett, unterstrichen die Suchworte Rede, Sinn, Eselsohren und Unvernunft im Journal und konnten doch keine sinnvolle Information entdecken. Jessica lehnte sich übermüdet und resigniert auf ihren Stuhl zurück. Vor ihr lag aufgeschlagen das Journal und ein großes Eselsohr deutete mit seiner Spitze auf eine Kurzmeldung:

„Prof. Dr. Wladimir Podgorny, russischer Physiker und Spezialist für atomare Raketenantriebe, hat für das kommende Semester eine Gastprofessur an der Technischen Universität Dresden übernommen."

Jessica konnte nicht an sich halten. Das also war das Rätsel, das sie nicht zu entschlüsseln vermochten. Sie prustete los, begann laut zu lachen und wurde von Hubert ärgerlich angefahren:

„Hör auf, es ist zum Weinen und nicht zum Lachen."

Sie schob ihm die Zeitschrift über den Tisch und wies mit dem Zeigefinger auf ihren Fund. Er atmete tief ein und aus.

„Ich gebe auf. Ich bin zu dumm, einfachste Dinge zu erkennen. Wir vom Lande sind halt nicht so durchtrieben. Durch meine Waghalsigkeit wäre ich schon einmal beinahe zu Tode gekommen. Außerdem scheint mir die Nummer zu groß zu sein. Ich bin ihr nicht gewachsen."

Sie widersprach:

„Nein, wir geben nicht auf."

„Wir?"

„Ja, wir. Wir müssen herausfinden, wer hat Interesse an dem Professor und warum. Was ist geplant, welche Rolle spielt Dr. Kloos und sein Ministerium. Welche Funktion hat Dante alias Boll? Hubert, steige aus Deinem bäuerlichen Phlegma. Das wird Deine Geschichte, es wird ein Knaller. Das ist die Chance Deines Lebens, so macht man im Westen Karriere. Wir dürfen nicht zaudern."
Jessica gestikulierte heftig, ihre Wangen waren gerötet, ihre langen Haare flatterten ihr ungeordnet ins Gesicht. Ihre Augen sprühten und funkelten voller Abenteuerlust. Hubert wägte bei ihrem Anblick innerlich ab.
„Sie ist wesentlich älter, reifer, raffinierter und undurchsichtiger. Sie ist bildschön, sexy und verführerisch. Sie wickelt mich ein, hat mich schon gefangen. Soll ich ihr folgen?"
Er spürte, wie von ihr Kraft und Energie ausgingen und zugleich etwas Geheimnisvolles, was Macht auf ihn ausübte. Er wehrte sich dagegen, wollte vernünftig sein. Als ob sie seine Gedanken gelesen hätte, flüsterte sie ihm beschwörend zu:
„Ja, was Du jetzt denkst, das bin ich alles. Ich war zu Dir immer ehrlich, habe nichts verschwiegen. Du gehst mit mir kein Wagnis ein. Du kannst nur gewinnen. Aber nur mit mir."
Er konnte dem verlockenden Sirenengesang nicht widerstehen und hörte sich sagen:
„Gut, dann fliegen wir nach Berlin."
Er umarmte, küsste und streichelte sie und hatte nur das

unbändige Verlangen, sich mit ihr zu vereinen. Und begriff halb unbewusst, das ist der allmächtige Dämon in mir.

VIII

Der Flug nach Berlin verzögerte sich um zwei Tage. In Berlin mieteten sich Hubert und Jessica im Hotel Holiday Inn in der Wanda Kallenbachstrasse ein. Jessica übernahm alle anfallenden Kosten. Hubert bedrückte dieser Umstand, akzeptierte ihn aber stillschweigend. Nach dem Abendessen suchten sie über das Telefonbuch die Anschrift von Manfred Boll zu erkunden und wurden wider Erwarten schnell fündig. Die Anschrift des Gesuchten war mit Waldweg 6 in Zehlendorf angegeben. Er annoncierte als Privatdetektiv. Hubert hatte noch nie Kriminalromane gelesen, für Jessica war es die einzige Literatur, die sie kannte. Sie hatte auch sofort Ideen, wie man in der Sache vorgehen könne.

"Wir beobachten ihn, studieren seine Lebensgewohnheiten, kontaktieren ihn und seine Bekannten wie zufällig. Ich verführe ihn, mache ihn betrunken und horche ihn dabei aus. So werden wir erfahren, was gespielt wird."

Hubert schluckte.

„Aus welchen Schundromanen hast Du Dir das gesogen. Ich dachte, Du liebst mich. Und willst mit ihm schlafen?"

„Aber doch nicht aus Liebe. Wir haben schließlich ein gemeinsames Ziel."

„Jessica, unser Liebesband kann nicht ein gemeinsames Abenteuer sein."

„Hubert, Du siehst Dich als tapfer an und unsere Vorhaben als Heldentat. Ich sage Dir, es sind nicht die sexuellen Eskapaden, derer wir uns im Leben schämen müssen. Der Erfolg lässt manchen Fehltritt vergessen. Es sind die heimlichen Träume, die unser animalisches Wesen offenbaren und über die wir wohlweislich schweigen. Deine Bedenken kann ich akzeptieren – was schlägst Du vor?"

„Die einfachste Sache der Welt. Er offeriert sich als Detektiv. Engagieren wir ihn, uns in einer wichtigen Sache zu helfen."

Das Paar beratschlagte, welcher Auftrag wohl der geeignetste sei, um an Boll heranzukommen. Sollte er Beweise für die Untreue der Ehefrau, Beweise für einen Versicherungsbetrug, für einen Diebstahl, für eine Beleidigung oder für einen Meineid beschaffen? Sie überlegten hin und her und entschlossen sich anzugeben, bei der Flucht eines Ostbürgers in den Westen einem Verwandten behilflich sein zu wollen. Nach einigen vergeblichen Anrufen erreichten sie Boll. Er meldete sich am Telefon als Privatdetektei Manfred Boll. Hubert nannte seinen Namen.

„Herr Boll, ich möchte gleich zu meinem Anliegen kommen. Ich bin vor kurzer Zeit aus dem Osten geflüchtet und möchte nun meinen Bruder und seine Frau nachholen. Man hat mir gesagt, dass ich mich an Sie wenden könne."

„Oh, da sind Sie völlig fehl am Platze. Ich lehne solche Aufträge grundsätzlich ab. Aber wir können uns treffen, vielleicht kann ich Ihnen nützliche Tipps geben. Wo sind Sie untergebracht?"

„Im Holiday Inn."

„Gut, ich schlage vor, wir treffen uns im Malibu in der Knaackstrasse um 15 Uhr. Ich trage eine rote Baskenmütze."

Hubert und Jessica kamen etwas verspätet zum Date. Boll saß bereits an einem Tisch mit Kaffee und Kuchen. Er war ein hübscher, junger Mann, Mitte Dreißig, elegant gekleidet. Er trug einen Fingerring mit blauem Saphir und duftete aufdringlich nach Parfüm. Noch bevor sich Hubert und Jessica vorgestellt hatten, erklärte er mit breitem Lächeln, sodass zwei goldene Zähne zu sehen waren, dass er sich entschlossen habe, dem Ehepaar entgegen seiner Gepflogenheit zu helfen. Jessica gab sich zurückhaltend, er verschlang sie mit seinen Blicken und den Augen eines Raubvogels. Hubert legte ohne Vorgeplänkel den Stern auf den Tisch, schlug die Seite mit dem Eselsohr auf und zitierte: „ Kurze Rede, langer Sinn, so wiehert mancher mit Eselsohren unvernünftig vor sich hin." Boll reagierte verstört, leichte Blässe überzog sein Gesicht.

„Etwas Spezielles?"

Hubert überhörte die Frage.

„Es muss schnell gehandelt werden. Es gelten die üblichen Vertragsbedingungen."

Boll widersprach.

„Nein, es muss dreifach gezahlt werden. Sie sehen doch selbst, dass es nicht um irgend jemanden geht. Außerdem muss ich zu den Akteuren erst Kontakt aufnehmen. Die Sache wird kostspielig."

„Einverstanden. Wir treffen uns dann morgen um 20 Uhr in der Lobby unseres Hotels. Dann legen wir das weitere Procedere fest."

Hubert und Jessica standen auf, grüßten kurz und verließen das Malibu, ohne etwas bestellt zu haben. Auf der Straße himmelte Jessica Hubert an.

„Das hätte ich Dir nie zugetraut. Das hast Du großartig gemacht. Deine Kaltschnäuzigkeit, Dein Poker-Gesicht, großartig. Er hatte noch nicht einmal Gelegenheit, sich zu vergewissern, wer Du bist. Du hast ihn überrumpelt. Wie konntest Du ihm aber Bezahlung zusagen?"

„Du sagst es doch. Ich habe gepokert. Wahrscheinlich zahlt Bonn. Oder eine andere interessierte Seite. Jetzt wissen wir, ein russischer Atomwissenschaftler will sich in den Westen absetzen. Heikel, heikel. Sollten wir uns nicht besser aus dem Staub machen?"

„Wo denkst Du hin. Wir haben A gesagt, jetzt sagen wir auch B. Auch Du bist aus dem Schattenreich des Unrechts geflohen. Fremde, Unbekannte haben Dir dabei geholfen. Und Du willst Hilfe verweigern? Außerdem können wir noch immer jederzeit aus der Sache aussteigen."

„Jessica, Dich hat das Jagdfieber erfasst. Was treibt Dich?"

„Ich weiß es selbst nicht. Ich denke, es ist vielleicht der Kitzel des Abenteuers. Hast Du für Dich eine Antwort auf diese Frage?"

„Nein. Viele Menschen wollen die Grenzen ihrer Möglichkeiten testen und setzen dabei ihr Leben aufs Spiel. Es ist die Lust, dem Tode Aug in Auge gegenüber zu stehen. Sie wollen den eigenen Todestrieb besiegen, der sie ständig bedroht und sich so selbst beweisen. Sie wollen unsterblich werden. Durch Ruhm. Das ist meine Erklärung, warum wir sehenden Auges und lustvoll die Begegnung mit Thanatos suchen."

„Oh nein, ich sehe Dich anders. Du bist kein Hasardeur. Du willst entscheiden, wer gut oder böse ist und hältst Dich für unentbehrlich, als Journalist die Wahrheit ans Tageslicht zu bringen. Du fühlst Dich berufen, als Hohepriester das Böse in aller Öffentlichkeit an den Schandpfahl zu nageln, auch wenn Du dabei manches verschweigen, verzerren, verfälschen, erfinden musst. Dich reizt die damit verbundene Macht. Auf diesen Thron willst Du steigen, unangreifbar, nicht zu kontrollieren und stets im Recht. Und von allen hofiert. Erinnerst Du Dich an Deine Kindheitsträume?"

Hubert antwortete ihr nicht. Er fühlte sich durchschaut.

Am nächsten Tag bummelte das Paar durch Berlin und machte sich die Stadt etwas bekannt. Sie unterhielten sich über alles, nur nicht darüber, woran sie denken mussten. Was der Abend mit Boll wohl ergeben würde. Von Zeit zu Zeit stöhnte Jessica und klagte:

„Mein Herz, es klopft so wild. Es ist so unbegreiflich. Wie wird es weitergehen, wie wird es enden."

Hubert schien taub zu sein und schwieg eisern. Das

Pärchen und Boll trafen sich wie verabredet in der Lobby des Hotels. Nach momentaner peinlicher Verlegenheit und Begrüßung begab man sich in die Bar. Jessica glaubte zu bemerken, dass in den Augen von Boll Misstrauen glomm. Er sprach abgehackt.

„Herr Kröne, noch heute wird man Sie anrufen. Sie werden wichtige Informationen erhalten. Verlassen Sie also bitte nicht Ihr Zimmer. Für meine Vermittlung sollen mir die Bonner 3000,-DM überweisen."

Er schielte auf Jessica.

„Auf Ihr Wohl, gnädige Frau. Ich biete Ihnen an, mit mir Berlin bei Nacht zu erleben. Ihr Mann wird sicher nichts dagegen haben."

Man sah ihm an, dass sein gesunder und vitaler Körper voller Brunst und bereit war, diese bildhübsche und gereifte Frau umgehend zu besteigen. Seine distanzlose Unverfrorenheit löste bei Jessica Widerwillen aus. Ihre Stimme bebte und hatte eine andere Klangfarbe als üblich.

„Mein Herr, mein Mann und ich sind aus anderen Gründen in Berlin. Es wird Sie keine Mühe kosten, eine Ihnen angemessene Dame in dieser Stadt zu finden."

„Gewiss nicht, aber eine Bonner Begleitdame, das ist schon etwas Besonderes."

Hubert unterbrach das Gespräch.

„Herr Boll, dann machen Sie mal Ihre Abendtour. Ich zahle."

Boll ging nach einer kurzen Verbeugung, Jessica stammelte:

„Hubert, er hat sich über uns erkundigt, er weiß, wer ich bin. Wahrscheinlich hat er mit Dr. Kloos gesprochen."
„Vielleicht, er weiß aber nicht, wer ich bin. Beunruhige Dich nicht, komm, wir gehen aufs Zimmer."
Es dauerte nicht lange, als das Telefon klingelte. Hubert hob ab. „Hier Kröne."
„Wir holen Sie morgen um 9 Uhr mit einem blauen Lieferwagen der Firma Busch ab. Warten Sie mit Ihrer Dame vor dem Hotel."
Dann wurde aufgelegt. Huberts Kehle war wie zugeschnürt. Er brachte nur mühselig hervor:
„Jessica, es wird ernst. Wir müssen uns entscheiden."
Jessica stellte nüchtern fest:
„Unsere Entscheidung ist schon längst gefallen. Mein geliebter Draufgänger, mein Fleisch gärt, lass uns schlafen gehen."
In der Frühe des nächsten Tages sprang Hubert erschrocken aus dem Bett. Er glaubte, dass ein Mann ihn im Badezimmer mit einer Waffe bedrohe. Er stach mit einer Gartenschere auf den Einbrecher ein, hörte dessen Schmerzensschrei und sah ihn blutüberströmt zu Boden stürzen. Er wollte helfen. Jessica schrie:
„Wach auf, Du hast einen Alb!"
Hubert kam allmählich zu sich. Er zitterte am ganzen Körper. Es war erst fünf Uhr. Er legte sich durchnässt ins Bett und hüllte sich in Schweigen. Jessica kraulte seine Haare. Beim Frühstück bediente er sich mit unmäßigen Portionen vom Buffet. Jessica plauderte daher, er verhielt sich schweigsam. Neun Uhr standen sie

vor dem Hotel, der blaue Lieferwagen fuhr vor, der Beifahrer sprang aus dem Wagen und bugsierte die Beiden in das fensterlose Abteil des Autos. Sie hatten keine Sitzplätze und konnten nichts sehen. Nach einer halben Stunde Fahrt konnten sie an den Geräuschen erkennen, dass man in eine Garage fuhr, deren Tor hinter ihnen geschlossen wurde. Sie durften aussteigen, wurden in ein Zimmer am Ende eines langen Flurs geführt. Dort saßen hinter einem Tisch zwei Männer mittleren Alters. Einer trug eine Gold gefasste Brille, trommelte nervös mit den Fingern auf die Tischplatte und hüstelte unentwegt. Der zweite fixierte die Eintretenden kritisch, forderte sie auf, Platz zu nehmen und ergriff sofort das Wort.

„Sie sind hier, um Professor P. nach Westberlin einzuschleusen. Das ist an sich nicht unsere Aufgabe. Wir transferieren nur politisch Verfolgte aus der DDR in die BRD. Wir machen es ehrenamtlich und aus innerer Überzeugung. Der russische Professor ist uns gleichgültig. Aber wir erhalten sehr viel Geld für seine Überführung. Das Geld kommt über verschiedene Kanäle aus Amerika. Wir brauchen das Geld. Wir graben unterirdische Tunnel von Westberlin nach Ostberlin. Es ist irrsinnig kostenaufwendig. Sie, Herr Kröne, werden heute Nacht durch einen Tunnel nach Ostberlin gebracht. Dort empfängt Sie ein Mitarbeiter von uns. Er wird Ihnen sagen, was Sie zu tun haben. In Leipzig findet zur Zeit die Buchmesse statt. Dort werden Sie Professor P. und seine Gattin treffen. Überall werden Agenten in Ihrer Nähe sein, für Sie nicht identifizierbar. Sie werden Ihnen Schritt für Schritt übermitteln, was Sie zu tun haben. Halten Sie sich an diese Anweisungen, keine Eigenmächtigkeiten. Gegen 22 Uhr werden Sie nach derselben Modalität wie jetzt vom Hotel abgeholt. Je weniger Sie wissen, umso besser."

Jessica protestierte.

„Und ich? Ich lasse mich nicht ausschirren!"

„Sie werden nicht ausgeschirrt. Man hat für Sie bereits ein Besuchervisum für die Messe besorgt, Sie werden also ganz offiziell in die DDR reisen. In Leipzig wird man Sie ansprechen, falls Ihre Hilfe erforderlich wird. Sie, Herr Kröne, besitzen ja noch Ihren DDR-Personalausweis und Ihren Presseausweis der Makranstädter Volkszeitung. Das ist optimal. Alle Papiere und offizielle Schreiben von Ämtern der BRD deponieren Sie im Safe Ihres Hotels. Haben Sie noch Fragen?"

„Was sage ich, wenn man mich kontrolliert, wo ich mich im letzten halben Jahr aufgehalten habe?"

„Sie hatten einen Nervenzusammenbruch und haben sich bei Ihrer Tante in Salzwedel erholen müssen. Ihre Tante und andere Verwandte werden es bestätigen."

Auf dem Weg ins Hotel ging Hubert ein Licht auf. Die Flucht von Prof. Podgorny war bis ins Detail vorbereitet und organisiert und er war das ausführende Instrument dieses Vorhabens. Er war ausgewählt und von Anfang an gelenkt, war eine Marionette im Glauben, Steuermann zu sein. Man wusste offenbar von ihm. Doch wer steuerte ihn? Der deutsche Geheimdienst, das CIA, ein Konzern,

gar der Stasi, um seiner habhaft zu werden? Welche Rolle spielten Dr. Kloos, Dante oder ... ihm stockte der Atem, ...Jessica? Was war bei ihr zufällig, was geplant, was echt, was gespielt? Auf der Rückfahrt nahm dieser Verdacht Hubert ganz in Beschlag, er war einsilbig und gab seine Überlegungen nicht preis. Jessica befürchtete, dass ihn das Risiko schrecke und machte ihm Mut: „Wir werden es schaffen, nicht verzagen, Du weißt, Hammer und nicht Amboss sein."
Im Hotel kleidete sich Hubert um, überprüfte alle Taschen auf Dinge, die ihn im Osten verraten könnten und trank zwei Bier. Die Fahrt zum Tunneleingang schien ihm diesmal sehr kurz zu sein. Er befand sich im Keller eines aufgegebenen Geschäftshauses. Hubert erhielt 500 Ostmark und musste sich einen übergroßen Arbeitskittel und Gummistiefel anziehen. Zwei junge Männer waren ihm dabei behilflich und informierten ihn über Tiefe, Länge und Konstruktion der Röhre. Jessica umarmte ihn. „Ich bin bei Dir, immer."
Hubert folgte einem Helfer. Stieg über eine Leiter tief in die Erde und gelangte in einen notdürftig abgestützten niedrigen Gang. Die Luft war stickig und sehr schwer, der Weg holprig, teils von Wasser überflutet und matschig. Huberts Führer bewegte sich langsam und vorsichtig, er leuchtete den Gang nur unzulänglich mit einer Taschenlampe aus. Hubert hatte das Gefühl, als ob die Strecke kein Ende nehme. Endlich gab ihm der Leitende das Zeichen, still zu verharren, horchte in das Dunkel hinein und tastete mit dem Lichtstrahl der Taschenlampe

eine Leiter ab. Er stieg fast lautlos die Sprossen hinauf, kratzte am oberen Ende an Holz, wartete und dann wurde eine Falltür hochgezogen. Hubert gelangte in einen schwach beleuchteten Kellerraum und wurde von einer Frau empfangen. Sie hieß ihn willkommen, nannte sich Erika und dirigierte, was er zu tun habe. Die beschmutzte Schutzkleidung ablegen, sich waschen, sich setzen und gut zuhören. Sie gab ihm eine Fahrkarte der Reichsbahn nach Leipzig und sagte, sie werde mit ihm reisen. Bei Nachfragen solle er angeben, sie sei seine Cousine mütterlicherseits, wohne in Berlin und wolle mit ihm zur Buchmesse. Sobald es tage und die Menschen zur Arbeit gingen, werde man das Haus verlassen und nach Leipzig fahren. Dort sei man im Hotel Marriot untergebracht. Als man sich zum Ostbahnhof aufmachte, konnte Hubert auf dem Straßenschild lesen, dass der Tunnel in einem Haus auf der Strelitzer Straße endete.

IX

Michael Fuchs war Arbeiterkind , sein Vater hatte es bis zum Gewerkschaftssekretär in der Druckerei der Leipziger Volkszeitung, einem offiziellen Sprachrohr der SED, gebracht. Für die Familie Fuchs war der deutsche Arbeiter- und Bauernstaat die Erfüllung ihrer Träume . Die älteste Tochter Swetlana ließ sich zur Lehrerin ausbilden . Der Sohn Michael trat nach dem Abitur der Nationalen Volksarmee bei, wurde zum Ministerium für Staatssicherheit nach Berlin befohlen, absolvierte

Seminare und machte bei der Staatssicherheit Karriere. Die Ehe seiner Eltern war problematisch. In drei Jahren zeugte der Vater die beiden Kinder. Eine Gynäkologin attestierte, dass der eheliche Verkehr für sie schmerzhaft und unzumutbar sei, weil ihr Mann einen überlangen Penis habe. Sie verweigerte sich ihm fortan und beendete damit ihr bisheriges Martyrium. Er traute seiner Frau nicht, fand anderen Orts Liebe, schloss aber aus seinem eigenen Verhalten, dass seine Frau auch fremd gehe und wurde geplagt von wahnhafter Eifersucht. Er suchte mit unermüdlichem Eifer nach Beweisen ihres schuldhaften Tuns und beauftragte den zehnjährigen Michael, die Mutter zu bespitzeln und ihm über ihr Verhalten zu berichten. Michael kam nicht nur dieser Aufforderung nach, er erweiterte seinen Auftrag eigenmächtig und bespitzelte den Vater ebenfalls. Durch Fenster, Ritzen, Schlüssellöcher beobachtete er das Treiben beider Eltern, behielt aber sein Wissen für sich . Am Tonfall der Eltern, an ihrer Gestik und Mimik konnte er bald erkennen, was anstand. Er wartete geduldig, schlich hinter Vater oder Mutter zu gegebener Zeit her, lauschte und beobachtete, was da vor sich ging. Wenn er sein Ohr an dünne Mauern presste, Worte, Flüstern, Rascheln, Seufzen, Stöhnen und andere Geräusche vernahm, wusste er sie zu deuten und stellte sich lustvoll vor, was hinter verschlossenen Türen Verbotenes geschah. Das Nachspüren, Aushorchen, Belauschen, Ausfragen wurde ihm zum erotischen Erlebnis, dem er leidenschaftlich nachging, es verfeinerte und perfektionierte. Sein Talent blieb seinen Vorgesetzten bei der Stasi nicht verborgen. Schon in jungen Jahren wurde er zum Hauptmann befördert. Er galt als Spezialist für Verhöre und Enttarnung von Verschwörungen. Nach dem Volksaufstand 1953 hatte die Partei Probleme mit den Studenten der Universität Leipzig, konnte aber keine klaren Verhältnisse schaffen. Wie bei einer Hydra wuchsen die antisozialistischen Umtriebe ständig nach, abzulesen an der steigenden Anzahl der republikflüchtigen Professoren und Studenten. 1963 wurde Michael beauftragt, den konterrevolutionären Wildwuchs auszurotten. Immer wieder verschwanden Leistungsträger von Wirtschaft und Wissenschaft in den Westen und kein Mensch wusste, auf welchem Weg. Michael richtete sein Büro im Zentrum von Leipzig ein und reorganisierte die Struktur der offiziellen und inoffiziellen Mitarbeiter. Er brauchte Zuträger aus dem bürgerlichen Milieu, das sich erfolgreich von der Partei abgeschottet hatte, um an relevante Informationen zu kommen. In den ersten Wochen studierte er stundenlang die Akten verurteilter Straftäter. Er stieß dabei auf das umfangreiche Konvolut eines Martin Schwach, dem ein ausführliches psychologisches Fachgutachten beilag. Mit wachsendem Interesse las er die psychologische Expertise, die ihm eine völlig neue Sichtweise eröffnete. Hier der Text des Gutachtens:

„Martins Mutter, Frau Carola Schwach, zählt zweiundvierzig, sein Vater, Herr Felix Schwach, sechsundvierzig

Jahre. Der gemeinsame Kinderwunsch war über Jahre unerfüllt geblieben. Fruchtbarkeitstests, intrauterine Insemination, Kuren, Entspannungstechniken, Psychotherapie - nichts hatte geholfen. Hoffnung und Enttäuschung begleiteten das Ehepaar über die Zeit, bis es resignierte. Carola wandte sich den schönen Künsten zu, ihr Mann Felix widmete sich verstärkt seinem Schreinerbetrieb in Lützen. Dann erkrankte die robuste Carola. Sie fühlte sich müde und abgeschlafft, bekam Unterleibskrämpfe, Harndrang und litt an Übelkeit. Sie suchte ihren Hausarzt auf, der ihr erklärte, dass sie im vierten Monat schwanger sei. Sie wollte und konnte es nicht glauben. Sechs Monate zuvor war sie eine Affäre mit einem regional bekannten Maler, einem Schürzenjäger, eingegangen. Sie hatte sich in seinem Atelier Bilder betrachtet. Er war aufdringlich geworden, sie wehrte ihn halbherzig ab und fühlte sich geschmeichelt. Als er von seinen Liebesschwüren nicht abließ und sie entschlossen bedrängte, hatte es die Tugend schwer und die Sünde leicht. Sie ließ sich auf das Sofa legen oder glitt von selbst in diese Position, ließ alles mit sich geschehen und tat, was ihm gefiel. Sie hatte die wilden Liebestreffen drei Monate lang ausgekostet, feinschmeckerisch und genüsslich. Danach hatte sie, von Schuld geplagt und von seinen Künsten gesättigt, die Mesalliance abrupt beendet und war in ihren bürgerlichen Alltag zurückgekehrt. Ihr Liebhaber verstarb wenige Monate später auf dem Höhepunkt eines Liebesakts mit einer Jüngeren an akutem Herzversagen und ersparte ihr so manchen möglichen zukünftigen Ärger. In ihren Träumen hing sie wehmütig den spät erlebten Liebesspielen nach im Wissen, dass der Abschied von der prallen Lebensfülle nahe war. Die Diagnose des Hausarztes verschwieg sie zunächst ihrem Manne, dem bislang auch keinerlei psychische oder körperliche Veränderungen bei ihr aufgefallen waren. Carola konsultierte eine Gynäkologin, die ihr die bestehende Schwangerschaft bestätigte. Felix betrank sich, als seine Frau ihm ihren Zustand offenbarte. Carola verdrängte die Tatsache der nichtehelichen Vaterschaft, war einfach nur glücklich und bereitete die Ankunft des Kindes vor. Als der Tag kam, waren ihre Wehen kräftig und der Geburtsvorgang kurz. Martin, so sollte der Bub heißen, begrüßte die Welt mit einem lauten Schrei und durchdringenden Geplärre, schlief über Stunden und forderte anschließend energisch Mutters Brust. Carola nährte und beschützte, hegte und pflegte , bewunderte und liebkoste das ihr anvertraute Leben. Sie vereinte sich mit dem Kind wie alle Mütter unserer Erde mit selbstloser Hingabe. Sie blühte auf und wurde jugendfrisch. Martin gedieh als Kleinkind zu einem freundlichen, offenherzigen und aktiven Jungen. Er war zwei Jahre alt, als er ein Schwesterchen, eine Marta, bekam. In seinem vierten Lebensjahr verstarb sein Großvater. Just in dieser Zeit zog sich Martin bei einem Sturz von der Kellertreppe einen Splitterbruch des rechten Beines zu. Nach der Operation teilte ihm die Mutter mit, dass er einige Tage in der Klinik bleiben müsse. Als sie sich von ihm verabschieden wollte, geriet Martin außer sich. Er weinte, schrie und schluchzte herzerweichend, klammerte sich an die Mutter und war nicht zu beruhigen. Weder Carola noch die Schwestern bedachten, dass Martin Todesängste durchlebte. Er fürchtete, wie sein Opa im Krankenhaus sterben zu müssen und in ein finsteres Erdloch versenkt zu werden. Den Erwachsenen fiel in dieser Situation nur ein Ausweg ein. Die Ärztin mit Spritzen den kleinen, unbändigen Patienten ruhig, der bis zu seiner Entlassung zehn Tage vor sich hindämmerte. Zu Hause empfing man ein anderes Kind. Aus dem gesprächigen, lebhaften und tatkräftigen Jungen war ein zurückgezogenes, ängstliches und verletzliches Kind geworden. Er verweigerte den Besuch des Kindergartens, spielte für sich allein und mied die Nähe fremder Menschen. In der Schule wurde festgestellt, dass er aufgrund des Unfalls das rechte Bein etwas nachziehe und dadurch leicht behindert sei. Bei sportlichen Wettkämpfen war er seinen Klassenkameraden unterlegen und traute sich nur wenig zu. Raufereien und Unartigkeiten kannte man von ihm nicht, er fiel nie mit störendem Verhalten auf. Wenn man ihn schubste oder hänselte, wehrte er sich nicht. In der Familie zog er sich gern zurück, weinte bei jeder belastenden Kleinigkeit und fürchtete sich übermäßig vor Dunkelheit und finsteren Räumen. Seine Schwester Marta unterhielt dagegen die Familie mit Späßen, Erlebnisberichten und Neuigkeiten aus der Schule. Alle mochten ihre fröhliche Unbefangenheit. Man verglich beide Kinder mit Tag und

Nacht, Sonne und Mond. Carola nahm Martin mit Sorgen wahr. Sie registrierte, dass er in der Familie ein Fremder war . Sie bekam Schuldgefühle, prüfte mit kritischem Blick, ob ein äußerliches Kainsmal seines biologischen Vaters an ihm erkennbar sei. Zuweilen stellte sie fest, dass ihr Liebhaber vor ihr stehe. Dann erfasste sie ein beklemmender Schauder, sie wandte sich ab und redete sich ein, dass ihr Fehltritt ein Irrtum gewesen sei, den sie zwar bereue, der aber damals mit ihren unbefriedigten Wünschen und Sehnen nichts zu tun hatte. So gelang es ihr, mit einem Lebenstrauma zu leben, ohne schmerzlichen und anhaltenden Schaden davon zu tragen. Bei Martin verdichtete sich mit dem Älterwerden die Gewissheit, dass man ihn nicht mag. Er merkte im Umgang mit anderen Menschen seine Unbeholfenheit und konnte nachvollziehen, dass andere sich mit seiner unzugänglichen Gehemmtheit nicht anfreunden konnten. Er verstrickte sich zunehmend in eine selbstzerstörerische Gedankenwelt und begann, sich selbst zu verachten. Das Leben wurde für ihn eine Last. Auf der Oberschule blieb Michael ein Niemand. Zu seinem Erstaunen bot sich ihm ein Mädchen aus der Unterprima an, mit ihm die Abifete zu feiern. Auf dem Ball tanzte seine Begleiterin einmal mit ihm, dann nur noch mit anderen Jungen. Sie wechselte zum Nachbartisch, irgendwann stellte er fest, dass sie verschwunden war. Am nächsten Tag erzählte man ihm voller Häme, dass das Mädchen sich mit ihrem vorherigen Freund auf der Abifeier versöhnt habe und er von ihr nur als Mittel für diesen Zweck benutzt worden sei. Nach dem Abitur begann Martin in Leuna eine Ausbildung zum Chemielaboranten. Er galt im Betrieb als pflichtbewusst und zuverlässig. Nach Lehrende wurde er fest eingestellt. Sein Aufgabenbereich bestand in der Analyse von Wasserproben. Insgeheim fürchtete er, dass seine Arbeitskollegen erpicht darauf seien, ihm Fehler nachweisen zu können. Als ihm indirekt vorgeworfen wurde, dass er Frühstückszeiten nicht korrekt einhalte, war er über diese Niederträchtigkeit so empört, dass er fristlos kündigte und sich im Elternhaus einigelte. Hier hielt er sich die meiste Zeit im Hobbykeller auf und lenkte sich mit chemischen Experimenten von seinem Elend und der Niedertracht der Menschen ab. Als er auf dem Dachboden einen alten Vorderlader des Großvaters fand, war es ihm ein Leichtes, aus Holzkohle, Schwefel und Kaliumnitrat Schwarzpulver herzustellen und das Gewehr funktionstüchtig zu machen. Fortan benutzte er das Gewehr, um sich im nahegelegenen Wäldchen Ärger, Frust und Wut von der Seele zu schießen. Die Schießübungen entspannten ihn, er wurde umgänglicher und ausgeglichener. Carola konnte ihn sogar zur Wiederaufnahme seiner beruflichen Tätigkeit bewegen. Auf seiner Arbeitsstelle wurde ihm eine Hilfslaborantin zugeteilt. Sie hieß Silvia, war gleichaltrig, lachte viel und hatte immer etwas zu erzählen. In den Arbeitspausen entlockte sie ihm mit ihrer zwanglosen Fröhlichkeit Antworten, die er eigentlich nicht geben wollte. Dann plauderte er von Erlebnissen und Ereignissen aus seiner

Kindheit und Schulzeit. Sie hörte zu und er fühlte sich verstanden. Sie neckte ihn und schäkerte mit ihm, witzelte und foppte ihn und er verübelte es ihr nicht. Wenn er an sie dachte, schienen seine trüben Gedanken wie fortgeblasen. Im Labor folgte er ihr mit seinen Blicken und suchte ihre Nähe. Silvia bot ihm täglich zur Mittagszeit von ihrem Brot und Obst an, er griff gern zu. Er begann, sie mit anderen Augen zu betrachten, fand sie hübsch in ihrer Pummeligkeit und begehrenswert. In seiner Fantasie malte er sich Liebesszenen mit ihr aus, die er noch nie erlebt hatte. In Wirklichkeit wagte er nicht, sie vertraulich zu berühren. Das Schwebende, das In-der-Luft-Liegende wurde ihm bewusst und er gestand sich ein, dass er sich in Silvia verliebt hatte. An einem Freitag, kurz vor Arbeitsende, schlenderte Silvia wie zufällig an ihm vorbei, blieb stehen und fragte:

„Treffen wir uns am Sonntag um drei im Cafe vom Gustav-Adolf- Denkmal?"

Martin errötete:

„Wir beide?"

„Ja, wer denn noch?"

„Ich dachte nur so, natürlich komme ich."

„Martin, ich freue mich total. Es wird cool, danach können wir abends noch etwas unternehmen. Kino oder so."

Martin konnte in der Nacht zum Samstag nicht schlafen. Mal sagte er sich, er dürfe sich vom Treffen nicht zu viel versprechen, dann wiederum gab er sich Liebeshoffnungen hin. Er sah im Halbschlaf ihr liebreizendes

Gesicht oder er erschrak, weil sie in den Armen eines anderen lag. Am Vormittag vom Samstag ließ er sich beim Frisör die Haare schneiden, zog nach dem Mittagessen seine besten Klamotten an und parfümierte sich. Der Mutter sagte er ohne Begründung den üblichen gemeinsamen Wochenendeinkauf ab, war dabei über seine Schroffheit selbst erschrocken, während die Mutter seine Krawatte mit strahlenden Augen band. Irgendwo hatte er gelesen, dass es sich gut mache, beim ersten Rendezvouz der Dame eine Blume zu überreichen. Er kaufte eine langstielige, violette Rose. Die Zeit wollte nicht vergehen. Er vertrieb sie damit, die Hauptstraße auf und ab zu pilgern, Geschäftsauslagen anzustarren und Pflastersteine zu zählen, um sich schließlich zur schwedischen Enklave aufzumachen. Als er das Cafe betrat, hatte er Herzklopfen und war verschwitzt. Er genierte sich, weil die Rose sein Anliegen verriet und er sich von allen Gästen beobachtet und vielsagend betrachtet wähnte. Auch schien ihm, dass sein Auftreten irgendwie altmodisch sei und man sich über ihn lustig mache. Er nahm Platz im abgelegensten Winkel des Cafes und bestellte sich Schokolade. In negativer Selbstbeschwörung redete er sich ein, dass Silvia die Verabredung nicht einhalten werde, zugleich spürte er sein Herz bis zum Halse schlagen, wenn die Eingangstür des Cafes geöffnet wurde. Dann geriet er in freudige Erregung, erhob sich erwartungsvoll und ließ sich enttäuscht und träge auf seinen Stuhl nieder, wenn ein anderer Gast den Raum betrat. So durchlebte er wiederholt Momente der höchsten Beglückung und Momente des Sturzes in die Verzagtheit. Es vergingen zwei Stunden, in denen er drei Kännchen Schokolade trank und zwei Stückchen Sahnetorte verzehrte. Dann gab er die Hoffnung auf, pendelte weiter zwischen Liebe und Enttäuschung und wurde vom Feuer geblendet, dass diese Gefühle entzündet. Sicher sei Silvia etwas zugestoßen, liege hilflos im Graben und rufe verzweifelt nach ihm. Nein, sie mache ihn zum Narren und Blödel, sie werde den Arbeitskollegen am Montag das Ereignis zur Belustigung zum Besten geben. Er zahlte, verließ das Cafe und zertrat vor der Tür die Rose. Wieder hatte sich bestätigt, dass man ihn nicht mochte und er den anderen nicht ebenbürtig und gleichwertig war.

„Warum das, was habe ich getan? Eigentlich bin ich ein Mensch von Ehre, will keinen verletzen und kann keiner Fliege etwas zu Leide tun. Warum hassen und verachten mich die Menschen? Bin ich nicht auch ein Kind Gottes? Ich muss ein Zeichen setzen. Nur der Schwache wird zum Opfer, man hat Lust daran, mich zu vernichten. Aber ich lasse mich nicht klein kriegen, ich werde Stärke zeigen. Ich werde sie vernichten, sie verdienen es."

Es war eine neue Sinfonie und ein neues Farbenspiel des Lebens, das er gedanklich inszenierte und ihn in den Bann schlug. Je mehr er sich innerlich dieser Eingebung hingab, desto heldenhafter und tapferer fühlte er sich und kein Mensch ahnte, was dieser freundliche, schüchterne und hilfsbereite junge Mann plante. Zu Hause angelangt, begann er mit scharfer Kälte, ruhig und berechnend sein

Werk in Gang zu setzen. Er reinigte seinen Vorderlader und goss Kugeln. Es sollten Menschen sterben, dramatisch, Aufsehen und Schrecken erregend, damit man das Ausmaß seines Leidens ermessen könne und sein Fall in die Geschichte eingehe. Als letzten Akt plante er, sich mit der Polizei ein Feuergefecht zu liefern, um dabei erschossen zu werden. Am folgenden Sonntag ging er zu Fuß in aller Frühe auf Umwegen Richtung Bahnhof. Er hielt unterwegs an, ließ sich auf dem Bahndamm nieder, um sich auszuruhen. Er überprüfte die Funktionsfähigkeit der Waffe und steckte sich eine Zigarette an. Der Sommermorgen war warm, die aufgehende Sonne malte ein hellrotes Farbband auf den Horizont. Martin bewegten widerstreitende Gedanken. Gleich würde er etwas Großes, Gewaltiges und Ungeheures zelebrieren und damit in den Olymp der Unsterblichen aufsteigen. Die Freude am Dasein war ihm vergällt worden, wie gern würde er seinen Sieg über Heuchelei und Gemeinheit miterleben. Er sonnte sich in der Vorstellung, wie bei Ausübung seiner Macht man ihn um Vergebung anflehen und er sie gewähren oder verweigern würde. Ihn überwältigten Erinnerungsbilder von Ereignissen, bei denen man ihm Wehe und Unrecht angetan hatte und die nun unabweisbar seine moralische Überlegenheit durch Selbstaufopferung erforderten. Bald würde er nur noch Wurmfraß sein. Bei dieser traurigen Vorstellung schossen ihm Tränen in die Augen und er zerfloss in Selbstmitleid. Der Friede des anbrechenden Tages führte ihn in Versuchung, auf dieser miserablen Welt doch auszuharren. Sein Stolz raunte ihm zu, du kannst nicht zurück, es muss sein. Er machte sich weiter auf den Weg und folgte den Eisenbahnschienen bis zum Bahnhof, betrat dort die Vorhalle und rief den Notruf der Polizei an. Mit brüchiger Stimme informierte er den diensthabenden Beamten, dass es gleich ein Massaker geben werde, wie es Lützen seit dem Dreißigjährigen Krieg nicht mehr erlebt habe. Er sei bewaffnet, die Zeit der Abrechnung sei gekommen. Der Beamte versuchte vergeblich, Martin in ein Gespräch zu verwickeln. Nach seiner Ankündigung legte Martin den Telefonhörer auf die Ablage, schüttete Pulver in die Kammer des Gewehrs und stieß eine Kugel in das Rohr. In einer Ecke saß ein Penner. Martin konstatierte dessen Angst. Er zielte auf den Mann und schoss über den Kopf des Mannes in die Wand. Der hob die Hände und stammelte:

„Nix getan, bitte, nix getan."

Martin munitionierte erneut das Gewehr und ging lachend, unartikulierte Schreie ausstoßend auf den bereits belebten Bahnhofsvorplatz. Er ballerte in die Luft und lud erneut die Flinte. Die Explosion des Schusses und die panische Reaktion der wenigen Menschen katapultierten ihn in einen Zustand erdenthobener Verzückung. Menschen kreischten, warfen sich auf die Erde, rannten kopflos um ihr Leben. Martin aber stolzierte aufrecht über die Straße, ein gottgleicher Gigant, ganz dem Erlebnis seiner Allmächtigkeit hingegeben. Er feuerte auf ein geschlossenes HO-Geschäft, auf ein parkendes Auto und auf ein Verkehrs-

schild. Im Taumel seiner Ekstase brüllte er:
„Da habt ihr es, ihr Schweine, ihr Wichser, ihr Teufel. Ich töte euch alle, ihr hinterfotziges Gesindel!"
Plötzlich hörte er eine überlaute Stimme:
„Nicht schießen, er will nicht töten!"
Martin stutzte. Er schaute sich um. In nicht weiter Entfernung hatten drei Polizisten mit MP´s im Anschlag ihn umstellt. Der Offizier forderte Martin über ein Megaphon auf, das Gewehr fallen zu lassen und die Hände zu erheben. Martin zielte auf die Beamten, obwohl sein überdrehtes Hochgefühl schlagartig angstvoller Bedrängnis gewichen war. Er fühlte sich bedroht und bangte plötzlich um sein Leben. Sein Atem stockte, seine Knie wurden weich, Schweißperlen rannen über sein Gesicht. Die Umwelt schien ihm wie vernebelt. Er behielt aber seine drohende Haltung bei, richtete seine Waffe weiterhin gegen die Beamten und bewegte sich zögerlich Schritt für Schritt rückwärts gehend zurück. Nach wenigen Metern drehte er sich um, hetzte zum Bahnhof, durchquerte die Bahnhofshalle und erreichte atemlos den ersten Bahnsteig. Auf einem Nebengleis stand ein ausgemusterter Personenwagen. Martin hastete über die Gleise zu diesem Waggon, um sich zu verkriechen. Beim Verschanzen hinter einem Sitz war ihm seine eiserne Pulverkiste hinderlich. Er wollte sie fortschleudern, nahm aber in momentaner Eingebung sein Feuerzeug, legte eine kleine Lunte, zündete sie an und sprang aus der rückwärtigen Tür des Abteils. Die Polizisten waren Martin vorsichtig im Laufschritt gefolgt, hatten ihn aber

aus den Augen verloren. Auf dem Bahnsteig angekommen, observierten sie das Gelände, sichteten aber nicht den Flüchtigen. Für sie unerwartet und bedrohlich explodierte die Kiste im Eisenbahnwagen mit einem Riesenknall. Die Scheiben des Waggons zersprangen, schwarzer Rauch quoll aus dem Wageninneren und Feuer loderte auf. Die Beamten leiteten sofort die erforderlichen Sicherheitsmaßnahmen ein. Martin eilte auf dem Weg zurück, den er gekommen war. Er hatte sich des Gewehrs entledigt, konnte nicht klar denken und war instinktiv nur auf Selbstsicherung durch Flucht bedacht. Er bemerkte nicht, dass er einem Radfahrer den Weg versperrte, der deshalb vom Vehikel absteigen musste und ihn anschrie:

„Hey, was ist mit Dir, bist Du blind?"

Martin blickte auf. Vor ihm stand Silvia. Er stierte sie an. Kein Wort kam über seine Lippen. Sie fragte:

„Martin, was ist mit Dir los? Erkennst Du mich nicht?"

Martin erkannte sie sehr wohl. Seine Augen flatterten, er war außer Atem. Aber was sollte er sagen, wo sie ihm doch sein ganzes elendiges Dasein vor Augen geführt hatte. Silvia hielt ihm zaghaft vor:

„Martin, wir hatten uns doch für den heutigen Sonntag verabredet. Willst Du nicht mehr? Ich habe mich so darauf gefreut."

Er schüttelte ungläubig den Kopf:

„Für heute verabredet? Für heute? Ich habe gestern auf Dich gewartet. Es wird nichts daraus. Ich liebe Dich, aber ich bin ein Verbrecher. Es wird nichts daraus."

Silvia schaute ihn ungläubig an und verstand nur, dass etwas Unbekanntes ihre Hoffnung zu vereiteln drohte. Sie wollte es nicht zulassen. Sie umarmte und küsste den steifen Martin:
„Du bist kein Verbrecher, das weiß ich. Ich liebe Dich so, wie Du bist. Ich liebe Dich."
Er, erweckt und überwältigt, wünschte sich diesen erfüllten Augenblick in alle Ewigkeit fort. Wie bei jeder weiblichen Liebe, brach in ihr mütterliche Fürsorge und Schutzbedürfnis durch. „Was ist vorgefallen?"
Er berichtete stockend vom Geschehen. Sie überlegte nicht lange.
„Los, wir fahren mit dem Rad zur Polizei."
Dort war Martin voll geständig....
Der Gutachter fasste als Ergebnis seiner Untersuchung zusammen, dass Martin die Tat überlegt, geplant und vorbereitet habe, dass er bei Tatbegehung bewusstseinsklar und ohne psychische Beeinträchtigung und mithin voll einsichts- und steuerungsfähig gewesen sei. Das Gericht verurteilte Martin zu neun Jahren Freiheitsstrafe wegen versuchten Mordes. Sein Fall wurde nicht publiziert. Nach zwei Jahren Strafvollzug in Waldheim wurde er in das Haftarbeitslager Riesa verlegt, bewährte sich durch hervorragende Arbeitsleistungen im Stahlwerk und hatte sich innerhalb zweier Jahre ein Jahr Straferlass erarbeitet. Fuchs, inzwischen zum Major befördert, war sich sicher, dass Martin als schwache Persönlichkeit bestens geeignet sei, als inoffizieller Mitarbeiter der Stasi tätig zu werden. Er fuhr nach Riesa

und ließ sich Martin vorführen.

„Martin, Sie haben ein schweres Schicksal. Die Menschen haben Sie schlecht behandelt, Sie sind von einem Irrtum genarrt worden und Sie haben Unverzeihliches getan. Sie haben ein weiches Herz, sind voller Lebenslust und lieben Ihre Eltern. Sie sind ein tapferer Mann, mutig und unerschrocken, und können es noch sehr weit bringen. Sie merken, ich habe Ihre Akten studiert. Sind Sie noch mit Silvia zusammen?"

Martin war inzwischen von seinem Lebensüberdruss geheilt, nicht aber von seinem Misstrauen gegen die Menschheit.

„Was wünschen Sie von mir? Silvia, das war einmal. Sie hat mich verlassen. Ich bin mit der Zeit schlau geworden und habe gelernt, Menschen zu durchschauen. Das lernt man im Knast. Sie kommen von der Stasi, also, was bieten Sie mir an?"

„Ich möchte Sie aus dem Dickicht Ihrer Vergangenheit befreien. Ihnen eine Chance anbieten. Stellen Sie sich auf die Seite der Starken, helfen Sie uns!"

„Ich bin Arbeiter und kein Denker. Wie könnte ich Ihnen helfen?"

„Solidarisieren Sie sich mit uns. Teilen Sie uns mit, was die Leute Ihrer Umgebung sagen, machen, planen, denken."

„Spitzeldienste?"

„Ja, aber aus der Einsicht, unsere Gesellschaft menschlicher zu gestalten die Unterdrückung der Menschen in allen Lebensbereichen zu beenden und die Welt gerechter

zu machen."
„Die Einsicht allein nutzt mir nicht, ich habe sie schon."
„Deshalb schlage ich Ihnen vor, Sie werden aus dem Strafvollzug entlassen, nehmen in Meißen Wohnung und Arbeit auf, arbeiten mit uns zusammen und erhalten von uns monatlich 300 DM als Aufwandsentschädigung."
Martin war mit diesem Deal einverstanden, unterschrieb einen Vertrag, erhielt einen Decknamen, einen Führungsoffizier und eine Anstellung im Personalbüro des Stahlkombinats. Seine Berichte an die Stasi waren an Bedeutungslosigkeit nicht zu überbieten: Der Abteilungsleiter K. ziehe mit politischen Witzen über Ulbricht her, der Parteisekretär habe ein Verhältnis mit seiner Schreibkraft, S. kritisiere das DDR-Fernsehen, lobe das Westfernsehen und höre den Rias, M. behaupte, das Neue Deutschland verbreite Lügen, selbst Genossen hätten an der Maikundgebung nicht teilgenommen und so weiter. Major Michael Fuchs war mit Martins Leistung sehr zufrieden, studierte seine Ausarbeitungen sorgfältig, machte sich Notizen und wartete geduldig auf den großen Fang.

X

Gegen 11 Uhr trafen Hubert und seine Begleiterin in Leipzig ein. Sie zogen in ein Hotel in unmittelbarer Nähe des Hauptbahnhofs und der Höfe am Brühl ein. Im Brühl stellten aus Platzgründen außerhalb der Messehallen wissenschaftliche Verlage ihre Neuerscheinungen vor. Es

war vorgesehen, dass Hubert noch am Ankunftstag gegen sechzehn Uhr Prof. Podgorny kontaktieren sollte. Er würde beim Springer Shop am Lesetisch sitzen und im Buch „Plant und Soil" blättern. Um sich mit den Örtlichkeiten vertraut zu machen, flanierte Hubert durch das Stadtzentrum und prägte sich Orientierungspunkte ein. In der Thomaskirche, er bewunderte gerade das Altarbild, betete eine ältere, gut gekleidete Frau und murmelte nur für ihn hörbar vor sich hin:
„Der Herr stehe ihm bei, wenn er morgen zum Abendgebet siebzehn Uhr seine Reise antritt. Seine Frau wird ihn auf diesem Weg begleiten. Er wohnt bei den Gottlosen im Gästehaus der DDR, der Trabant ist an der Ecke Haydnstrasse/Karl-Tauchnitz-Straße geparkt."
Um sechzehn Uhr spazierte Hubert gemächlich durch die Ausstellung, verweilte an diesem und jenem Stand, las Texte, begutachtete die Aufmachung der Bücher und gelangte schließlich zum Springer Verlag. Der hatte eine große Koje gemietet und präsentierte eine Vielzahl an wissenschaftlichen Neuveröffentlichungen. Am Lesetisch saßen zwei Herren. Ein kleiner, athletischer Mann mit schütteren und ergrauten Haaren hielt das Buch „Plant and Soil" demonstrativ vor sich. Hubert fragte scheinbar verlegen:
„Hier soll es ganz in der Nähe eine berühmte Goethe-Kneipe geben. Können Sie mir sagen, wo das ist?"
Er brachte sein Anliegen unbeholfen vor, beide Angesprochenen fanden es spaßig und schmunzelten. Der eine hob verneinend die Arme, der andere spöttelte mit

russischem Akzent:

„Oh, Sie meinen bestimmt Auerbachs Keller. Ich habe davon gehört und natürlich die lustigen Studentenszenen bei Goethe gelesen. Ich kann Ihnen aber nicht den Weg dorthin beschreiben. Morgen um siebzehn Uhr werde ich hoffentlich von Mephisto in dieses Restaurant zum Nachmittagstee entführt. Hoffentlich spiegelt er mir nicht Trugbilder vor."

Der kleine Mann lachte laut und ungeniert und Hubert stimmte in sein Gelächter ein, schlenderte weiter, bahnte sich seinen Weg durch die Menge und ließ sich die wenigen Schritte zum Auerbachs Keller von anderen Besuchern weisen.

Hier aß er Rindsroulade, trank Wein und war zufrieden. Alles schien nach Plan zu verlaufen. Seine angebliche Cousine erwartete ihn im Hotel und machte ein verärgertes Gesicht. Er ging auf ihre fragenden Blicke nicht ein und verlor sich gutgelaunt in fabulierte Erlebnisse. Er habe seine Zeit mit russischen Mädchen und Wodka verbracht.

Der nächste Tag begann spannungsgeladen. Hubert wartete auf neue Anweisungen, hatte Magenkrämpfe, nahm kein Frühstück zu sich und trank missmutig Galle- und Lebertee. Nach einer Stunde hatte er das Neue Deutschland ausgelesen und wunderte sich, dass der Sprachstil der DDR-Presse sich zwischenzeitlich nicht geändert hatte. Er musste austreten, ein drahtiger Mann folgte ihm. Beim Pissoir sprach der Unbekannte laut und deutlich vor die Wand:

„Amerikanischer Geheimdienst. Fahren Sie sofort mit Erika zum Gästehaus, nehmen Sie die Russen und versuchen Sie, Berlin zu erreichen. Der Tunnel ist verraten worden. Wenn Sie Glück haben, erreichen Sie und Ihre Freunde Westberlin, noch bevor der Stasi die Lücke schließt."

Hubert hastete zum Zimmer von Erika.

„Wir müssen den Professor sofort nach Berlin bringen. Der Fluchtweg ist verraten worden. Wir haben nur noch eine kleine Chance."

Erika protestierte.

„Keine Eigenmächtigkeiten. Keine Panik. Unsere Leitstelle hat uns noch keine neuen Anweisungen übermittelt. Es ist ein Hinterhalt von der Stasi, man lockt uns in eine Falle."

„Nein, ich glaube der Mann kommt von der Leitstelle. Mein Gefühl sagt mir das. Ich muss handeln, Du kannst ja hierbleiben."

Hubert rannte in sein Apartment und raffte seine Habe zusammen. Erika folgte ihm.

„Ich komme mit!"

Sie zahlte beim Empfang die Zimmer und beide liefen zum Taxistand des Bahnhofs, fuhren bis zum Clara-Zetkin-Park, Ecke Haydn-Straße. Mit Erleichterung entdeckten sie den geparkten Trabant.

„Erika, setz Dich ans Steuer, sobald Du uns siehst, startest Du den Wagen. Drück mir die Daumen."

Hubert schlug das Herz bis zum Halse. Was, wenn

Podgorny das Gästehaus zu einem Spaziergang verlassen hatte, wenn er nur mit einem Bewacher aus dem Hause gehen oder gar ohne Aufsicht keine Besucher empfangen durfte? Vor der Eingangstür standen zwei Uniformierte. Sie fixierten ihn und öffneten ihm die Tür. Bei der Hauskontrolle wies sich Hubert mit seinem Pressepass aus und erklärte, dass er mit Prof. Podgorny und seiner Ehefrau zu einem Interview verabredet sei. Überdies wolle er im Park das Ehepaar in lockerer Pose fotografieren. Der Diensthabende rief den Gast an, der nach wenigen Minuten mit Ehefrau im Foyer erschien. Hubert begrüßte sie wie alte Bekannte.

„Kommen Sie, die Sonne scheint, es sind gute Lichtverhältnisse, um zu fotografieren. Wir dürfen keine Minute verlieren."

Man verließ ungehindert das Gästehaus, überquerte die Karl-Tauchnitz--Strasse, lief mit schnellen Schritten im Sichtschutz der Sträucher bis zur Höhe der Haydn-Straße, überquerte nochmals die Karl-Tauchnitz-Strasse und wurde von Erika gesichtet. Sie startete das Auto und fuhr etwas vor. Als sie hielt, riss Hubert die Türen auf und setzte sich auf den Beifahrersitz. Das Ehepaar nahm auf den Rücksitzen Platz. Zunächst sprach keiner ein Wort, alle hatten die ersten Kilometer die Straße ängstlich im Auge, ob man sie verfolge oder nicht. Hubert brach als erster das Schweigen.

„Herr Professor, wir mussten den Plan ändern, weil unser Fluchtweg verraten worden ist. Wir haben noch eine kleine Chance, Westberlin zu erreichen, wenn wir schneller sind als der Staatssicherheitsdienst. In anderthalb Stunde sind wir, wenn alles gut geht, bei einem Haus in Ostberlin, von dem aus ein unterirdisch gegrabener Tunnel nach Westberlin führt. Wir riskieren viel, einen anderen Fluchtweg haben wir nicht. Für den Erfolg unseres Unternehmens kann ich nicht bürgen. Wir haben aber keine Alternative."

Hubert war auf Vorwürfe des Wissenschaftlers gefasst. Seine Frau verstand offensichtlich kein Deutsch, sie blickte nur mit angstgeweiteten Augen um sich und schielte immer wieder zu ihrem Mann. Der blieb unbewegt und zeigte Nerven.

„Wir schaffen es. Fahren Sie ruhig, überschreiten Sie nicht die vorgeschriebene Geschwindigkeit, halten Sie sich an alle Verkehrsregeln. In Russland geht es immer um Leben und Tod. Ich erinnere mich an eine Geschichte, die ich gelesen habe. Es war zur Zeit der Neuen Ökonomischen Politik. Sie wissen, damals hatten die Menschen bei uns in Sibirien wenig oder gar nichts zu essen. Tausende verhungerten. Wer damals plünderte und auf frischer Tat ertappt wurde, um Essbares zu erbeuten, wurde auf der Stelle standrechtlich erschossen. Drei Rotgardisten patrouillierten auf einer Nebenstraße in Krasnogarsk, um Recht und Ordnung aufrecht zu erhalten. Da hörten sie aus einem Hause verdächtige Geräusche. Sie gingen der Sache nach. Die Eingangstür war aufgebrochen. Sie durchsuchten alle Zimmer, fanden aber nichts Verdächtiges. Sie wollten schon wieder gehen, da brummelte jemand aus einem Schrank

Lasterhaftes. Heilige Maria, du sündigst wieder mit Joseph. Oh Gott, ein Jesus reicht uns doch! Sie öffneten die Schranktür, da lag ein offensichtlich betrunkener Landstreicher, wie sie sich zuhauf herumtrieben, mit einer halb geleerten Flasche Wodka und einem Fladenbrot auf dem Schrankboden. Sie zerrten ihn aus dem Schrank und traten ihn mit Füßen, damit er zu sich komme. Ein Rotgardist fragte, woher er das Brot habe. Er habe es in der Küche gefunden, verflucht sei Maria, Jesus und alle Heiligen, die das Volk verhungern lassen. Der Gruppenführer stellte fest: Wir müssen ihn erschießen. Wir haben ihn in flagranti ertappt, Befehl ist Befehl. Weiß der Teufel, ein Gardist widersprach. Das gehe nicht, der Ertappte sei ein Christ, was man seinen Flüchen entnehmen könne. Ohne Tröstung der Heiligen Kirche dürfe der Mann nicht sterben. Die drei kratzten sich hinter den Ohren, schauten sich verlegen an und stimmten letztendlich dem Einwand zu. Aber woher jetzt einen Popen nehmen? Da erklärte der Anführer: Du hast den Popen ins Spiel gebracht, du nimmst ihm die Beichte ab! Der Ernannte sträubte sich nicht. Er beugte sich zum Verurteilten. Glaubst du an die wahre Lehre, die Unfehlbarkeit der Geweihten und die Allwissenheit des Höchsten? Der Delinquent lallte, ihr seid verrückt. Zur Hölle mit euch. Ich bin kein Kommunist. Eure Lehre ist nur Schwindel, die Partei lügt immer und der Schlächter Stalin soll mich am Arsch lecken. Was blieb zu tun übrig? Man stellte ihn an die Wand, ein Soldat durchsuchte die Taschen des Verurteilten, damit man melden könne, wen

man erschossen habe. Er weigerte sich aus gutem Grund. Der Kerl habe Flöhe. Der aber reagierte schwer beleidigt.
„Flöhe? Bin ich etwa ein Hund? Ich habe nur Läuse!"
„Rede kein dummes Zeug. Wie heißt du?
„Monugowabi Mungaba."
„Bist ein Mongole?"
„Ja, bin ich".
Der Schrecken war bei den Soldaten groß. Bald hätte man gegen den Ukas verstoßen. Diesen Mann durfte man nicht erschießen, er war Ausländer und seine Erschießung hätte politische Unstimmigkeiten nach sich ziehen können. Also ließ man ihn laufen und befahl ihm, sich beim nächsten Staatsanwalt zu stellen."
Der Professor lachte, es war ein kräftiges, herzliches und ansteckendes Lachen und ganz und gar nicht der Situation angepasst:
„So wird es mir ergehen. Die Deutschen können mir nichts antun. Sie werden mich an die sowjetische Staatsmacht ausliefern. Und die werden mit mir kurzen Prozess machen. Aber Sie, meine Lieben, haben die Chance auf eine lange Haftstrafe und auf ein langes Leben."
Hubert und Erika schwiegen. Erika biss sich auf die Lippen, wollte etwas sagen, aber sagte nichts. Sie konnte seinen Humor nicht verstehen. Der Professor setzte indes seinen Redeschwall fort.
„Wir haben in Sibirien viele Immigranten. Auch Juden. Da kommt eine Frau zum Rabbiner und sagt, sie will sich scheiden lassen. Der Rabbiner will den Scheidungsgrund

wissen. Sie erklärt: Ich habe den Verdacht, der letzte Sohn ist nicht von meinem Ehemann."
Hubert grinste, Erika unterbrach genervt den Professor.
„ Wir erreichen gleich Berlin. Wir werden über die Stadtautobahn Richtung Berlin Mitte fahren, von dort auf die Brunnenstraße, kurz vor der Mauer biegen wir in die Rheinsberger Straße ein. Am Musikgymnasium halte ich an, sie steigen aus, gehen bis zur Strelitzer Straße, es sind etwa fünfzig Meter und schwenken rechts ein. Sie können von dort die Mauer sehen, Herr Kröne kennt das Haus Nummer 59, es wurde um die Jahrhundertwende erbaut. Bleiben Sie ruhig, unterhalten Sie sich entspannt, schauen Sie sich nicht gehetzt um. Denken Sie daran, unmittelbar in der Nähe des Walls gehen viele Spitzel ihrer Arbeit nach. Jeder Passant wird von Fernrohren verfolgt, jede Bewegung von Ihnen wird registriert. Die Haustür von Nr. 59 ist unverschlossen, hinter der Treppe, die rechts in das obere Stockwerk führt, befindet sich die Tür zum Keller. Klopfen Sie kräftig an der Tür und rufen Sie mehrmals laut Oma. Sie werden erwartet. Sobald Sie das Auto verlassen haben, werde ich wenden und in unserer Werkstatt das Zulassungsschild austauschen lassen. Unsere Gruppe steht mit den Westberlinern Fluchthelfern in ständiger Verbindung. Man erwartet Sie. Ich wünsche Ihnen viel Glück und gutes Gelingen."

XI

Major Fuchs konnte kaum das Dienstende erwarten. Er war ein Opernfan und wollte am Abend mit seiner Frau Cosi van tutti sehen. Die Sekretärin legte ihm eine Mappe mit den neuesten Berichten der inoffizieller Mitarbeiter vor.

„Herr Major, es sind die letzten Ausdrucke, die bedeutungsvoll sein könnten. Der Ordner mit den belanglosen Beobachtungen liegt bei mir im Schreibtisch in der linken Schublade."

„Schon gut. Wenn ich fertig bin, gehe ich und bin wie immer zu jeder Zeit erreichbar."

Er schlug den Hefter auf und überflog routiniert, was seine Mitarbeiter zu berichten hatten. Ihre Informationen langweilten ihn. Sie bestanden teils aus Tratsch, Verleumdungen, Vermutungen, teils aus staatsfeindlichen Äußerungen, Beschimpfungen und harscher Kritik an den wirtschaftlichen und politischen Verhältnissen in der DDR. Die Stimmung in der Bevölkerung kannte er. In seinen Händen befanden sich Meldungen in Hülle und Fülle, mit denen er nahezu die Hälfte der Einwohner hätte verhaften lassen können. Er, der Hüter des Staates, stand über den Dingen und duldete diese verdeckte Aufsässigkeit, weil sie eine Ventilfunktion hatte, ungefährlich war und zur Stabilisierung des Systems beitrug. Für ihn war entscheidend, dass der Kesseldruck kontrolliert wird und erst bei drohendem Ausbruch Gegenmaßnahmen zu ergreifen sind. Jetzt, zur

Zeit der Leipziger Messe, war seine Abteilung mit Arbeit überlastet. Der Klassenfeind schlief nicht. Er nutzte die großzügigen Einreisegenehmigungen der Regierung, um die DDR zu infiltrieren und Spionage und Menschenabwerbung zu intensivieren. Fast am Ende des vorgelegten Materials stieß er auf den Namen von Martin Schwach. Er stutzte und war neugierig, was dieser Hansel, den er selbst angeworben hatte, wohl zu melden habe. Martin teilte unter anderem mit, dass sein Hausarzt gesagt habe, wenn sein Sohn nicht zum Studium zugelassen werde, wolle er in den Westen abhauen. Er kenne einen sicheren Fluchtweg, der unter der Erde direkt in die Bernauer Straße nach Westberlin führe. Der Major überlegte. War es Prahlerei des Arztes, war es ein konkreter Vorsatz, gab es überhaupt diesen Weg. Sollte er den Arzt verhaften oder überwachen lassen? Sollte er für die Berliner Grenzpolizei Alarmbereitschaft anordnen oder das fragliche Terrain filzen lassen? Die Anordnung einer Sofortmaßnahme erschien ihm überhastet. Die Entscheidung, was zu tun sei, wollte er am nächsten Tag nach Beratung mit seinem Vertreter fällen. Die Oper wartete. Er entnahm Martins Mitteilung dem Hefter und legte sie in die Mappe „Eilt sehr!", übergab sie der Sekretärin und eilte nach Hause.

Kurz vor Feierabend betrat der Freund der Sekretärin das Vorzimmer. Es war ein hochgewachsener Mann mit breiten Schultern, mit Schnurrbart und lässiger Haltung. Ein schöner Mann, Frauenliebling und selbst stolz auf sein Äußeres. Er umarmte die Sekretärin von hinten und

küsste ihren Nacken. Sie wurde von einem sinnlichen Lustgefühl ergriffen, das ihr prickelnd vom Kopf bis zu den Füssen strömte. Er schielte auf die Eilmappe, flüsterte ihr Liebesworte ins Ohr und forderte sie auf, sich zu beeilen. Er wolle mit ihr einen Nachtklub aufsuchen. Sie trippelte gehorsam zur Garderobe, während er eine Kleinbildkamera aus seiner Jacke nahm, die Mappe „Eilt sehr" aufschlug und die wenigen Seiten hastig fotografierte. Das Pärchen spazierte bald darauf eng umschlungen zum Barfußgässchen, er warf in der Haynstraße etwas in einen Briefkasten, was ihr aber völlig entging. Es war der Postkasten des Antiquitätenhändlers Scholz, der in seiner Wohnung vor dem Fernseher mit einem Glas Bier saß und sich gerade die Westnachrichten vom ARD anschaute. Scholz war ein unansehnlicher Mann, lebte allein und mehr schlecht als recht vom Verkauf antiquarischer Bücher und Landkarten. Er wirkte unbeholfen und geistig schwerfällig. Als es bei ihm zweimal kurz und dreimal lang klingelte, schlurfte er zum Aufzug, fuhr ins Erdgeschoss und entnahm seinem Briefkasten eine Filmkassette. Begab sich ins Badezimmer und entwickelte den zugestellten Film. Alles wie selbstverständlich und ganz gemächlich. Als er den Inhalt auf den vergrößerten Seiten las, rannte er zum Telefon und telefonierte hektisch. Er wiederholte mehrmals:
„Er wohnt im Marriott, spätestens morgen früh muss er gewarnt werden. Kennzeichen: Er trägt einen braunen Handschuh und einen gelben Handschuh."

Es war der Morgen, an dem Hubert gegen neun Uhr vom Verrat erfuhr und gegen dreizehn Uhr mit seinen Gästen in der Strelitzer Strasse eintraf.

Major Fuchs trat an diesem Tage gegen zehn Uhr seinen Dienst an. Die Sache Martin Schwach hatte er bereits vergessen. Ihm war peinlich, dass sein junger und übereifriger Stellvertreter ihn bereits erwartete und ihn auf die Eilsache ansprach. Beide diskutierten bis elf Uhr und kamen überein, Minister Mielke zu informieren. Major Fuchs schilderte dem Minister den Sachverhalt, der überaus ungehalten reagierte.

„Und eine solche Information halten Sie über achtzehn Stunden zurück! Die Nazis buddeln hier dauernd wie die Maulwürfe unterirdische Gänge, immer kommen wir zu spät. Mensch Fuchs , Sie enttäuschen mich, Ihnen fehlt noch die Sensibilität für gewisse Dinge."

Er legte auf und gab die Order aus, dass sofort alle Häuser der Strelitzer Straße im Innen- und Außenbereich sorgfältigst zu überprüfen seien. Zwei bewaffnete Spezialeinheiten der Grenzpolizei rückten aus und begannen bei den Hausnummern dreißig beziehungsweise einunddreißig die Häuser zu filzen. Als Hubert und seine Flüchtlinge die Strelitzer Straße erreichten, waren die Grenzer bereits bis zur Hausnummer neunundvierzig vorgerückt. Hubert sah die Greifer und ihre geparkten Mannschaftswagen. Ihn erfasste gegen seinen Willen panische Angst und der Fluchtinstinkt. Er begann schneller zu laufen, rannte schneller, schneller, rannte die letzten Meter bis zum Hauseingang mit letzter Kraft und

ließ das Ehepaar Podgorny hinter sich. Trommelte wild mit beiden Fäusten auf die Kellertür und schrie ununterbrochen die Losung Oma, Oma. Die Russen folgten seinem Spurt und trafen ein, als die Kellertür von einem jungen Mann, einem Studenten, aufgeschlossen wurde, die er hinter den eingetretenen Gejagten wieder verriegelte. Die Flüchtigen stolperten die schwach beleuchtete Kellertreppe hinunter. Hubert japste:
„Sie sind hinter uns her!"
Ein Grenzer hatte die Dreiergruppe beobachtet und erstattete seinem Vorgesetzten Meldung.
„Verdächtige Personen versuchen in Haus 59 zu entkommen."
Ein Unteroffizier und zwei Soldaten hasteten zum Haus Nr. 59, traten ein und horchten. Es war nichts zu hören. Der Unteroffizier forderte per Funk Verstärkung an, sicherte den Ausgang und begann im obersten Stockwerk, die Wohnungen zu inspizieren. Nachgerückte Grenzer wollten in den Keller, der aber versperrt war. Schlüssel ließen sich auf die Schnelle nicht beschaffen. Man schoss das Schloss defekt und drang mit entsicherter Waffe in den unterirdischen Raum ein. Der Student hatte inzwischen die Falltür geöffnet und war als erster auf einer Leiter in das tief gähnende Loch gestiegen. Ihm folgten der Professor und seine Frau. Sie waren kaum verschwunden, als drei Soldaten in den Keller stürmten und noch von der Treppe aus das Feuer mit ihrer MP eröffneten. Der Student zog die Falltür zu. Hubert hatte den Anschluss verpasst. Er verkroch sich in eine Ecke.

Ein Soldat kam auf ihn zu. Hubert erhob sich und stand dem Soldaten direkt gegenüber. In diesem Moment feuerte ein Verfolger mit seiner MP eine Salve auf Hubert ab. Der Soldat vor Hubert brach zusammen, zwei andere Soldaten stürzten sich auf Hubert und schlugen ihn nieder. Ihm wurde schwarz vor Augen und er verlor das Bewusstsein.

Der Fluchthelfer und das russische Ehepaar erreichten nur mühevoll die Sohle des Tunnels. Es war finster, man nahm wahr, wie die Falltür aufgerissen wurde und Stimmengewirr nach unten drang. Der Student ordnete an:

„Gehen Sie unmittelbar hinter mir her. Neunzig Meter, dann sind wir im amerikanischen Sektor. Dann noch dreißig Meter und wir können aufsteigen. Laufen Sie, so schnell Sie können."

Durch den Eingangsschacht schallte es:

„Verfolgung aufnehmen, festnehmen oder erschießen!"

Der Student wollte die Leiter wegziehen, schaffte es aber nicht, weil sie gesichert war. Er setzte sich an die Spitze der Gruppe und leuchtete mit einer Taschenlampe so gut es ging den Weg aus. Er kam schnell voran. Der Professor und seine Frau tasteten sich im Halbdunkel voran, stießen sich an Holzkanten, strauchelten über Steine , krochen auf allen Vieren und zogen sich schmerzhafte Verletzungen zu. Sie fielen in Wasserpfützen, rafften sich auf und wateten durch knietiefe Wasserlöcher. Sie waren bald am Ende ihrer Kräfte, taumelten mehr als sie gingen. Der Student mahnte ununterbrochen:

„Beeilen Sie sich, schneller, schneller. Wir werden verfolgt!"
Der Professor lief einige Schritte, seine Frau aber blieb entkräftet liegen. Der Professor rief verzweifelt: „Helfen Sie, helfen Sie meiner Frau!"
Der Fluchthelfer lief zu ihr und hob sie auf. Sie torkelte zwei Schritte und brach wieder zusammen. Er griff unter ihre Arme und schleifte sie rückwärts gehend durch den Schmotter. Ihr Gesicht, ihre Arme, ihre Beine bluteten. Sie atmete stoßweise, ihr Gesicht war totenbleich. Ihr entrang sich ein schluchzendes Stöhnen, dann schrie sie vor Angst und Schmerzen markerschütternd auf. Der Student zog sie weiter, Schritt um Schritt. Vom Tunnelende hörte er, wie die kräftigen Stiefelschritte der Verfolger sich näherten. Er sah das Licht von Taschenlampen aufleuchten und wusste, dass die restliche Strecke bis zum rettenden Sektor mit dieser Frau nicht zu bewältigen war. Sie lag mit dem Rücken auf der Erde, apathisch, hilflos. In ihren Augen schimmerten Tränen. Der Student schaute den Professor fragend an.
„Zurück lassen?"
„Nein, retten Sie sich. Sie haben bereits Übermenschliches für uns getan. Wir geben auf."
„Das wird Ihr Tod sein. Ihre Frau wird man nicht töten!"
„Ich weiß. Wen man liebt, den verlässt man nicht. Und schon gar nicht, wenn das Ende sich naht."
Es heißt, dass kein Mensch dein Leben so verteidigt, wie du selbst. Wozu du nicht bereit bist zu tun, wird ein anderer auch nicht bereit sein. Der Student war für die

Flüchtigen ein Himmelsgeschenk. Der Student überlegte kurz, dann hastete er den Verfolgern einige Schritte entgegen und brüllte, obwohl unbewaffnet: „Bleiben Sie stehen, weichen Sie zurück oder ich schieße!" Auf der Gegenseite herrschte Ratlosigkeit. Ihre Taschenlampen wurden ausgeknipst, man hörte das Klicken, als sie ihre Maschinenpistolen entsicherten. Der Student nutzte diese Augenblicke und brach Seitenstreben und Deckenbalken des Tunnels aus ihren Verstrebungen. Erde stürzte herab und bedeckte den Studenten halb. Er konnte sich aus dem Geröll befreien. Staub wirbelte auf und erschwerte das Atmen. Der Tunnel war auf zwei Meter Länge zugeschüttet. Man hörte dumpfe Schüsse von der Gegenseite, die Gruppe aber kroch erschöpft der Freiheit entgegen.

XI

Hubert kam zu sich. Er lag auf einer Pritsche in einem kahlen, sehr engen Raum. Er gewahrte durch ein vergittertes Fenster eine hochragende Ziegelmauer und hörte ab und zu klappernde Geräusche, deren Ursprung er nicht zu deuten wusste. Sein Schädel brummte. Er überlegte, was geschehen war. Er blieb über Stunden allein. Ihm fehlte das Zeitgefühl, die Fluchtereignisse rief er sich portionsweise in Erinnerung. Sie schienen ihm spaßig und urkomisch, irgendwie unwirklich. Er musste unwillkürlich lächeln. Gut, ihn erwartete eine saftige

Freiheitsstrafe wegen Beihilfe zur Republikflucht. Er akzeptierte, gegen Gesetze verstoßen zu haben. Innerlich war er entschlossen, geständig zu sein und Reue zu zeigen. Er formulierte in Gedanken die Motive seines Handelns, die er zu seiner Entlastung vortragen könnte. Sie waren durchweg wenig plausibel. Er kannte seine Genossen, sie würden ihm nicht glauben. Er dachte nach. Welches Motiv hatte er, sich auf dieses Abenteuer einzulassen? Er kam zu keinem Ergebnis. Was war eigentlich zwischen seiner Festnahme im Keller und seinem Aufwachen hier geschehen? Er konnte die Erinnerungslücke nicht schließen. Er schloss die Augen und gab sich schönen Visionen hin. Er ging am Flussufer der Unstrut spazieren. Das Wasser glitzerte, die Luft flimmerte im Sonnenschein. Das Schilf raschelte leise im Sommerwind, Schwalben zogen ihre Kreise in großer Höhe. Er sah seine Mutter über die Wiese schreiten, sie winkte ihm zu. Er fühlte sich getröstet und war sich plötzlich sicher, dass alles ein gutes Ende nehmen würde. Er schreckte auf und wurde aus seinem Wachtraum gerissen, als die Beobachtungsklappe geöffnet wurde und danach die Zellentür.

„Kröne mitkommen!"

Erst jetzt bemerkte er, dass seine Schuhe keine Schnürsenkel mehr hatten und seine Hosen keinen Gürtel. Wenn er ging, rutschte ihm die Hose in die Kniekehlen und hinderten ihn am Gehen. Er musste sie mit beiden Händen hochhalten. Zwei Beamte führten ihn über mehrere Flure in ein helleres Zimmer. Er durfte sich auf einen Stuhl setzen, zwei Frauen und ein Mann betraten den Raum. Eine Frau stellte sich als Haftrichterin vor, die andere nahm vor einer Schreibmaschine Platz. Der Mann machte sich als Rechtsanwalt bekannt, er sei vom Gericht als Pflichtverteidiger für Hubert bestellt worden. Nach der Belehrung teilte die Richterin Hubert mit, dass gegen ihn wegen Mordes und Beihilfe zur Republikflucht ermittelt werde. Ob er sich dazu einlassen wolle. Hubert war schockiert.

„Wen soll ich getötet haben?"

„Stellen Sie sich nicht dumm. Die Beweislage ist eindeutig. Also?"

„Ich bekenne mich schuldig, dem sowjetischen Atomwissenschaftler und seiner Frau geholfen zu haben, in den Westen zu kommen. Der Vorwurf des Mordes ist absurd."

Der Anwalt intervenierte.

„Sie sagen, Sie haben sowjetischen Bürgern geholfen, aus dem Machtbereich der UdSSR auszubrechen?"

„So ist es."

„Wo wohnte der Wissenschaftler?"

„So viel ich weiß, lehrte er als Austausch- oder Gastprofessor an der Technischen Universität Dresden, vorübergehend. Sonst irgendwo in Russland."

Der Anwalt wandte sich an die Richterin.

„Nach den Rechtsverträgen zwischen der UdSSR und der DDR sind Bürger der DDR einem sowjetischen Sondergericht zu überstellen, wenn sie schwere Straftaten gegen die sowjetische Schutzmacht begehen,

z.B. Spionage oder Agententätigkeit. Dieser Tatbestand ist im vorliegenden Fall erfüllt, Herr Kröne ist deshalb an die sowjetische Gerichtsbarkeit auszuliefern."
Die Richterin zeigte mimisch keine Gefühlsregung, kommentierte nur höhnisch:
„Herr Anwalt, ich stimme Ihrem Antrag zu und gehe davon aus, dass Sie damit Ihrem Mandanten einen großen Gefallen erweisen. Man weiß ja, wie die sowjetischen Militärgerichte urteilen."
Vier Tage später saß Hubert einem sowjetischen Major gegenüber, der die Uniform des KGB trug. Vor seinem Schreibtisch stapelten sich Akten. Es war ein noch junger Mann mit kühlen, stechenden Augen und unbewegter Mimik. Hubert fühlte sich von ihm bedroht. Die Stimme des Majors war eisig, seine Fragen erreichten Hubert wie kalte Tropfen in einer Felsenhöhle, die langsam und stetig auf ihn von oben herabfallen. Die Sprache des Majors war biegsam, seine Feststellungen waren durchdacht und überlegt und trieben Hubert in die Enge.
„Ich lese, dass Sie Agent des BND sind."
„Nein, bin ich nicht."
„Wer hat Sie bezahlt?"
„Ich bin nicht bezahlt worden."
„Wer hat Sie für die Entführung angeworben?"
„Ich hatte auf dem Neujahrsempfang in Bonn mit einem Dr. Kloos eine merkwürdige Begegnung. Er übergab mir am nächsten Tag eine Zeitschrift mit der Aufforderung, mich mit einem Dante in Berlin in Verbindung zu setzen. Das habe ich getan. Dieser Dante alias Boll hat mich zu

Fluchthelfern gebracht. Von ihnen erfuhr ich, dass ich der Mann sei, der Prof. Podgorny und Gattin von Leipzig nach Westberlin durch einen Tunnel schleusen soll. Bis zu diesem Zeitpunkt und bis jetzt ist mir unbekannt, wie ich zu diesem Auftrag gekommen bin. Ich habe ihn aber angenommen und habe diese Sache erfolgreich erledigt, ohne die Hintermänner der Aktion zu kennen. Ich war nicht bewaffnet, konnte deshalb auch nicht schießen. Ich bereue das Geschehene aufrichtig."
Der Sowjetoffizier schien belustigt:
„Nein, nein, Prof. Podgorny ist nicht geflohen. Aus der Sowjetunion, aus unserem Vaterland, flieht man nicht. Er ist als Spion des CIA von uns ausgebürgert und sollte gegen Agenten, die für uns in Amerika gearbeitet haben, ausgetauscht werden. Er war kein bedeutungsvoller Geheimnisträger, Juden werden bei uns niemals wichtige Geheimnisträger, bei Bedarf aber immer Spione. Die Amerikaner wollten uns allerdings betrügen und haben versucht, Prof. Podgorny mit Ihrer Hilfe habhaft zu werden, ohne die vereinbarte Gegenleistung zu erbringen. Es ist ihnen nicht gelungen. Die Amis sollten uns drei Genossen im Austausch für den Professor übergeben. Drei zu eins, das war der Deal."
„Und der Mordvorwurf?"
„Die deutschen Grenzsoldaten haben im Eifer des Gefechts ihren Kameraden versehentlich selbst erschossen. Interessiert hier nicht. Doch eine andere Frage. Warum haben Sie die DDR verlassen, besser ausgedrückt, verraten?"

„Ich wollte nicht gläubig und schon gar nicht hörig werden. Ich hatte Sehnsucht nach Freiheit und Gerechtigkeit. Ich wollte als Journalist nicht in einen moralischen Sumpf versinken."

„Und was hat Sie bewogen, Ihr Leben für einen Menschen zu riskieren, dessen Geschichte und Persönlichkeit Sie nicht kennen?"

„Ich habe verstanden, dass er aus der Dunkelwelt Ihres Machtbereichs ausbrechen will, wie ich es auch getan habe. Viele Menschen in Ihrem Herrschaftsgebiet wünschen sich den Tauwind des Frühlings herbei, der sie vom Eise befreit und neues Leben erblühen lässt. Sie stöhnen unter der Last der Zwangsherrschaft. Sie wollen nicht ewig in einer Trümmerlandschaft leben."

Der Major spottete:

„Ja, Leiden und Mitleiden, Einfühlen und Miterleben macht menschlich und wird zur Tugend erhoben. Da ist es leicht zu verurteilen, es ist auch das Lieblingsgeschäft der geistig Beschränkten. Aber schöne Gefühle sind kein schlagendes Argument. Wir sind eingesponnen in Pflicht und Verantwortung, dazu bedarf es des Mutes und der Stärke. Die Kraft und Stärke, das geschichtlich Notwendige zu tun und individuelle Interessen und Gefühle hintan zu stellen, ist die wahre Tugend des Menschen. Ich habe Ihre Aussagen sorgsam studiert und sage Ihnen, Sie haben bürgerliches Moralin gefressen. Sie reden sich ein, ein guter Mensch zu sein. Sie lieben alle Menschen auf der Welt und sich am meisten. Nur nicht Ihren Nächsten. Redlichkeit ist Ihnen fremd. Durch

die Entführung von Podgorny wollten Sie Ruhm ernten, Ehre einheimsen und als Held gefeiert werden. Sie haben aus Selbstsucht gehandelt. Sie hätten ihr Ziel besser erreicht, wenn Sie sich für die Besteigung des Matterhorns oder eine ähnlich nutzlose Sache entschieden hätten. Sie glauben, einen Sieg errungen zu haben? Das haben Sie. Für uns und für sich selbst. Die Agenten des CIA kennen wir und observieren sie ständig. Nur Sie, ein winziger, unbedeutender und kümmerlicher Zwerg, der sich mühelos vom CIA einwickeln ließ, kannten wir nicht. Was nutzt Ihnen der vermeintliche Erfolg? Den Jubel, die Bewunderung, die Anerkennung durch die Öffentlichkeit werden Sie nicht erhalten. Das wird sich das CIA zuschreiben. Die Amerikaner haben die Abmachung mit uns modifiziert und darauf bestanden, dass Sie als zweiter Agent ausgetauscht werden. Also drei für zwei. Und ich habe die Abmachung auch modifiziert. Ich habe gesagt, nein, jetzt vier für zwei. Wo Sie doch ein so überaus gewiefter Agent sind."
Sein Gesicht verlor an Finsternis und hellte sich auf. Er bekam einen kurzen Lachanfall und prustete los:
„Sehen Sie, ein Geheimer vom KGB kann auch menschlich sein. Die Amis haben zu meinem Vorschlag ja gesagt, es blieb ihnen auch nichts anderes übrig. Sie sind der zweite Mann für vier hochkarätige Genossen. Es ist ein Treppenwitz. Ich schenke Ihnen Jahre Ihres Lebens. In zwei Stunden werden wir Sie am Checkpoint Charlie unseren amerikanischen Kollegen übergeben.
Viel weiteren Erfolg in Ihrer ach so menschlichen

Gesellschaft!"

Der Major verließ ohne Gruß den Raum, Hubert wurde von zwei Sowjetsoldaten zur Kleiderkammer geführt und empfing dort seine hinterlegte Habe. Ihm schien, als sei er plötzlich aus einem Traum erwacht und hatte das Bewusstsein, dass er weiter träume und weiter träumen müsse, damit ihm kein Unheil widerfahre. Er vertraute der Wirklichkeit nicht und war darauf gefasst, wieder in eine Falle zu tapsen. Er war dem Major dankbar und fühlte sich doch von ihm bedroht. Seine Übergabe an der sogenannten Grenzübergangsstelle Friedrichstraße wurde routinemäßig abgespult. Hubert wurde dabei von beiden Seiten als Objekt mit einem geringen Verkehrswert behandelt. Man beachtete ihn nicht. Als ein deutscher Beamter ihn fragte, wo er in Westberlin wohne, nannte er das Holiday Inn. Sein Zimmer war für ihn noch reserviert. Als er es gegen 14 Uhr betrat, warf er sich mit der Kleidung aufs Bett und schlief bis zum nächsten Tage bis 17 Uhr. Dann aß er kräftig zu Abend, trank sich etwas Mut an und rief Dante an. Dessen Schimpfkanonade machte ihn zutiefst betroffen.

„Bleiben Sie mir vom Halse. Ich habe mit Ihnen nichts mehr zu tun, belästigen Sie mich nicht weiter. Ich habe bis heute nicht das vereinbarte Geld erhalten, wollen Sie mich weiter betrügen?"

Huberts Versuche, Jessica zu erreichen, scheiterten.

Er setzte sich mit dem Innenministerium in Bonn in Verbindung und vereinbarte unter falschen Namen einen Gesprächstermin mit Dr. Kloos. Als er zwei Tage später beim Staatssekretär vorsprach, erkannte der ihn nicht. „Wann, sagen Sie, haben wir uns gesehen?.. Nein, niemals… Wir seien verabredet gewesen? Unmöglich... Ich hätte Ihnen im Borsalino den „Stern" überreicht?... Guter Mann, das alles muss eine Verwechslung sein… Darf ich Sie bitten?" Er begleitete Hubert zur Tür und verabschiedete sich von ihm mit höflicher Zuvorkommenheit. Hubert verließ irritiert und kopflos das Ministerium. Von seiner Wohnung telefonierte er mit Redaktionen von Zeitschriften und Zeitungen, mit dem Fernsehen, mit Filmemachern und bot an, einen Dokumentarbericht über die Flucht des Atomwissenschaftlers Prof. Podgorny zu verfassen. Und erhielt von allen Seiten die gleiche Antwort. Kein Interesse, sein Bericht passe nicht ins Programm, im übrigen seien auch bereits alle Veröffentlichungsrechte in dieser Sache aufgekauft worden. In Hubert baute sich Wut auf. Er rief Dr. Kloos an, bat um ein klärendes Gespräch und wurde abgewiesen.

„Herr Kröne, begreifen Sie bitte, ich kenne Sie nicht."
„Und ich sage Ihnen, Sie sind in dunkle Machenschaften verwickelt. Ich habe dafür Zeugen. Ich werde jetzt zu Ihnen kommen und wir können die Angelegenheit in Ruhe besprechen. Ich kann mich ja auch an die Öffentlichkeit wenden mit allen Konsequenzen für Sie."
Hubert legte auf. Es war ein trüber Tag und ihn überfielen trübe Gedanken. Er lauschte in sich hinein und entdeckte den unsichtbaren Hubert. Verlassen, einsam, mutlos. Er

hatte keine Heimat, war nirgends fest verwurzelt. Eingepflanzt in Schlesien, hochgezogen in Anhalt, veredelt in Sachsen, verfrachtet ins Rheinland. Er hatte den Glauben der Mutter nicht angenommen, hatte sich von den Idealen seiner Lehrer befreit und sich auf ein unfruchtbares Eiland gerettet. Die Menschen seiner Nähe waren ihm nicht vertraut, sprachen nicht seine Sprache, sangen andere Lieder, unterhielten sich über ihn fremde Themen und teilten mit ihm nicht das gleiche Lebensgefühl. Er war nirgends zu Hause. Die Worte des KGB-Majors gingen ihm nach und drückten ihn nieder. Ja, er hatte nur immer an sich gedacht. Verzagt und entmutigt verzweifelte er am Leben und sehnte sich nach dessen Ende. Er überlegte, sollte er wirklich zu Dr. Kloos gehen, um zu erfahren, wer und warum man ihn in ein lebensgefährliches Abenteuer gelockt hatte. Er war sich noch unschlüssig, als an seine Wohnungstür geklopft wurde. Er öffnete.

Vor ihm stand Jessica und mit ihr wurde ein neuer Tag geboren. Ihre Augen leuchteten, seine Schwermut verflog im Nu. Er war tief bewegt, fand keine Worte, küsste sie rasch und zart auf Stirn und Mund und sie erwiderte seine Liebeszeichen , indem sie sich fest an ihn schmiegte. Sie hielten sich fest umschlungen, verschmolzen miteinander und durchlebten das seltene Glück des unverhofften Wiederfindens. Obwohl sie einander begehrten, versagten sie sich, ließen sich auf die Couch nieder und stammelten, Zärtlichkeiten austauschend, immer wieder Liebster – Liebste – Liebster. Ihn überfiel ein unbändiger

Bewegungsdrang. Er sprang auf, hopste im Zimmer umher, stieß wilde Schreie aus, ergriff seine Jessica und tanzte mit ihr wilde Figuren. Und beide feierten schließlich eine wahre Hochzeitsnacht, waren innig und unauflöslich miteinander verbunden. Die ersten Worte, die er am nächsten Morgen zu ihr sagte, waren: „Ich glaube an Gott, an seine Güte und an unsere Liebe." Es war eine schwärmerische und rührselige Formulierung, er hätte dennoch seine Gefühle nicht treffender ausdrücken können. Sie gab zu bedenken: „Manche Stunde muss vergangen sein, manche Spinne muss ihr Netz gewoben haben, damit ein Ding sich vollende. Wir haben diese Zeit für uns."
Beide tauschten beim Frühstück ihre Erlebnisse seit ihrer Trennung aus. Jessica hatte sich darauf verlassen, dass sie wie besprochen zur Buchmesse fahren würde. Die Kontaktpartner aber ließen nichts von sich hören. Sie kehrte nach Bonn zurück, versuchte, Dr. Kloos zu sprechen und wurde abgespeist. Der Staatssekretär habe keine Zeit, er befinde sich in einer wichtigen Sitzung. Sie zog Erkundigungen über Dr. Kloos ein und fuhr deshalb in die Kleinstadt, aus der er stammte.
„Von seinen Lehrern, Nachbarn und Parteigenossen habe ich erfahren, dass Dr. Kloos aus einer Handwerkerfamilie stammt. Er ist ein zurückhaltender Junge gewesen, in der Schule fleißig und strebsam. Noch während der Gymnasialzeit trat er in die Partei, studierte nach dem Abitur Politologie und war nach seiner Promotion ausschließlich Angestellter der Partei. Er strebte Partei-

ämter an, ihm habe jedoch das Charisma gefehlt, um in öffentliche Parteifunktionen gewählt zu werden. Sein Fleiß, seine Verlässlichkeit und Parteihörigkeit verschafften ihm den Sprung in den Staatsapparat, als seine Partei Regierungsverantwortung übernahm. Er hat zu seinem Chef, dem Vizekanzler, ein besonders vertrauensvolles Verhältnis entwickeln können und begleitet ihn auf allen Dienstreisen. Er ist ihm ergeben. Sein Protegé liebt Alkohol und Frauen. Das ist ja ein offenes Geheimnis. Dr. Kloos hat die Aufgabe und erfüllt sie mit der gebotenen Diskretion, die Gelage des staatlichen Repräsentanten nicht an die Öffentlichkeit dringen zu lassen und ihm diskret Frauen für eine Nacht zuzuführen. Mehr habe ich nicht recherchieren können."

„Was hast Du während der übrigen Zeit gemacht?"

„Er hat meine Fährte aufgenommen und mich aufgespürt. Als ich eines Tages einkaufen ging, wollten mich zwei Männer in ein Auto zwängen. Passanten kamen mir zu Hilfe und vereitelten meine Entführung. Ich rettete mich in mein Auto, fuhr blindlings los und landete in Duisburg. Dort fand ich Unterschlupf in einer Kommune."

„Wie schrecklich. Ohne Geld, ohne Habe, mit Nichts? Und dann in diesem Milieu!"

„Nein, diese sechs Wochen waren für mich eine schöne und lehrreiche Zeit. In der Kommune waren elf Personen in einem Abrisshaus untergebracht, das sie besetzt hielten. Diese Menschen nahmen mich auf, ohne zu fragen, wer ich bin, woher ich komme, was mich entwurzelt hat. Sie gaben mir eine Schlafstelle in einem

Zweibettzimmer, sie teilten mit mir das Essen und forderten von mir kein Geld. Abends saßen wir als Gruppe zusammen, einige tranken Tee, andere zogen einen Joint. Wir diskutierten über Gott und die Welt. Tags gingen die meisten einem Aushilfsjob nach, am Wochenende haben wir gegen irgendwelche Ungerechtigkeiten demonstriert."

„Und das fandest Du schön und lehrreich?"

„Ja, es ist ein anderer Lebensstil. Zwanglos, tolerant, vorurteilsfrei."

„Wer sind diese Leute?"

„Ausgestoßene, Versager, Abhängige, psychisch Kranke, Oppositionelle, halt die Randständigen unserer Gesellschaft."

„Und bei denen hast Du Dich wohl gefühlt? Ich kann es nicht nachvollziehen."

„Ja, ich bin in meinem Leben noch nie so viel Menschlichkeit, Mitgefühl, Toleranz und Solidarität begegnet und habe noch nie so viel Geschichten von Niedertracht, Bosheit und Gewalttätigkeit vernommen. Wie widersprüchlich, ausgerechnet dort fühlte ich mich beschützt und geborgen."

„Und Kloos""

„Er hat mich wohl aus den Augen verloren und ich hatte ihn vergessen."

„Und Deine Zimmergenossin?"

„Sie war etwa sechs Monate zuvor aus dem Gefängnis entlassen worden. Wir sind sehr schnell Freunde geworden und sie hat aus ihrer verpfuschten Lebens-

geschichte keinen Hehl gemacht. Ihr Schicksal hat mich sehr berührt und mir mein Leben neu beleuchtet."
„Ich dachte, Deine Umkehr hätte etwas mit mir zu tun?"
„Hat sie auch. In wichtigen Facetten. Aber ihr Leben hat mir vor Augen geführt, wie gnädig das Schicksal mit mir umgegangen ist. Sie wuchs im Schatten andauernder Sonnenfinsternis auf. Ihr Vater war Alkoholiker und im betrunkenen Zustand gewalttätig. Ihre Mutter flüchtete mit ihr und den Geschwistern oft in den Schutz des Frauenhauses. Als sie elf Jahre alt war, traten bei ihr trotz medikamentöser Behandlung wiederholt epileptische Anfälle auf. Dann krampfte sie, war unansprechbar und desorientiert, nässte ein und hatte Erinnerungslücken. Sie wurde von ihren Klassenkameraden gemobbt, entwickelte sich zur Außenseiterin und schwänzte den Unterricht. Sie wurde einer Sonderschule zugewiesen und erkrankte zu allem Übel mit vierzehn Jahren an einer chronischen Gelenkentzündung. Zeitweilig war sie auf Gehhilfen angewiesen. Die Jungen ihres Alters hielten sich von ihr fern. Aber dann lernte sie mit siebzehn Jahren einen fünf Jahre älteren Mann kennen. Dirk ging mit ihr aus und machte ihr kleine Geschenke. Sie war schnell verliebt und vernarrt in ihn, wollte ihn nur immer umarmen und abknutschen, gab sich ihm hin und forderte von ihm ewige Liebe und Treue. Er verhielt sich zu ihr kalt und reserviert, wies ihr Ansinnen einer Eheschließung entschieden zurück. Sie, die Kranke und Behinderte, fand in dieser Verbindung das lang ersehnte Glück, ihre Lebensfreude und ihren Lebenssinn. Die

Intimbeziehung hielt sechs Jahre. Sie konnte sich selbst ohne Dirk nicht denken, litt unter Unruhe und Nervosität, wenn er Verabredungen nicht einhielt, erlag einem Gefühl von innerer Leere und Hoffnungslosigkeit, wenn er am Wochenende sich nicht sehen ließ und befürchtete das Schlimmste. Das Schlimmste trat ein. Dirk ging ein intimes Verhältnis zu einer Schwachsinnigen aus der Nachbarschaft ein, die ihn ebenso anhimmelte wie Martina. Dirk erzählte ihr von den Intimitäten mit dieser Frau, Martina lebte fortan in der Furcht, er werde sie verlassen und hatte nicht die Kraft, diese Konstellation zu beenden. Sie hat mir ihre psychische Verfasstheit so beschrieben: Mein Herz weinte und schrie, kämpfe um ihn oder gib ihn auf. Aber ich wusste, ich habe keine Kraft mehr, die hat er mir genommen. Ich konnte nicht mehr, es tat nur noch weh, das Leben. Dirk war die erste und letzte Liebe meines Lebens, sie hat mich aufgefressen. Ich sah das Bild der anderen, in meiner Verlassenheit klagte ich laut, Dirk, Dirk bleibe bei mir. Ja, so hat Martina es mir geschildert und ich habe mit ihr gelitten. Sie hat Dirk gedrängt, die Nebenbuhlerin aufzugeben und er habe ihr versprochen, sie irgendwie loszuwerden. Das sei allerdings schwierig, sie sei wie eine Klette. Doch eines Tages habe er erklärt, die Verrückte müsse weg, sie gehe ihm auf die Nerven. Allein werde er es nicht schaffen, Martina müsse ihm helfen, sie umzubringen. Und das sei auch geschehen. Als ob er sie in Trance versetzt habe, sei das Geschehen vor ihren Augen wie in einem Film abgelaufen. An einem

Sonntag sei man zu Dritt in den Wald gefahren. Martina musste sich im Kofferraum verstecken. Auf einer Waldlichtung habe Dirk gehalten. Sie habe gehört, wie Dirk besonders laut sagte, mein Schatz, im Kofferraum wartet ein Geschenk auf dich. Die Verrückte sei aus dem Auto gestiegen, habe die Klappe des Kofferraums geöffnet, Martina gesehen, einen Schreckensschrei ausgestoßen und sei fortgelaufen. Dirk rannte ihr hinterher, holte sie ein und stieß sie auf die Erde. Stürzte sich auf die Rivalin und würgte sie bis zur Bewusstlosigkeit. Dann habe er ihr Laub in den Mund geschoben und den Mund zugehalten. Die Verrückte sei daran erstickt. Dirk habe sie allein in einen Waldweg gezogen, sie mit Benzin übergossen und ein brennendes Streichholz auf sie geworfen. Martina behauptet, sie sei unfähig gewesen, auch nur ein Glied zu rühren. Sie wurde wegen Mittäterschaft zu zwölf Jahren Freiheitsstrafe verurteilt und nach acht Jahren bedingt aus der Strafhaft entlassen. Tragisch, oder?"

„ Und mit dieser Frau hast Du in einem Zimmer gehaust, ohne Furcht?"

„Nein, zuerst mit Furcht, bis ich begriffen habe, dass Tat und Täter nicht identisch sind. Deshalb habe ich Dir so ausführlich von diesem unmenschlichen Geschehen berichtet. Diese Tat war grausam, hinterhältig und bösartig. Aber Martina war es nicht. Ich lernte sie als sensiblen, offenherzigen und hilfsbereiten Menschen kennen. Wohlgemerkt als Menschen und nicht als Täter. Und verstand, dass wir Menschen beides sind. Bestie und

Himmelsbote. In extremen, Existenz bedrohenden Situationen ist jeder von uns zu allem fähig. Wir tragen das Gute und das Böse, das Schöne und das Hässliche, die Vernunft und den Unverstand in uns. Wenn ich das bejahe, kann ich mich und andere im Sosein annehmen, jegliches Verhalten verstehen, wenn auch nicht akzeptieren. Jeder Mensch hat den Anspruch, zu lieben und geliebt zu werden. Ist es gerecht, von diesem Anrecht von Natur aus ausgeschlossen zu werden? In die Hölle der Vereinsamung geworfen zu werden, um dort lebenslang die entsetzliche Schwere der Entbehrung zu erleiden? Sie hatte die Trennung lange bedacht, bewacht und beschlafen. Sie war am Ende der tiefsten aller Veränderungen erlegen, der psychischen Erkrankung und konnte nicht anders, als innerlich bejahend dem Mord zuzuschauen."

Hubert dachte laut nach.

„Ich verstehe, was Du mir vermitteln willst. Was ist mit Dr. Kloos los? Welches Motiv hat Dr. Kloos bewogen, uns in ein solch gewagtes Spiel einzuspannen? Er hat doch ganz andere Möglichkeiten. Gut, ich bin nur kurze Zeit im Westen, habe noch meinen Presseausweis, finde mich in Leipzig zurecht. Sind das hinreichende Gründe? Meine Einfalt schreit zum Himmel und er sucht ausgerechnet mich aus. Oder war es das zufällig gefallene Wort Dante? Wir müssen etwas unternehmen, hier und jetzt."

Jessica schüttelte den Kopf.

„Nein, nein, nur nichts übereilen. Wir wissen zu wenig

von ihm, wir müssen noch mehr in Erfahrung bringen. Ich weiß, er hat eine Vorzimmerdame, die ihn mehr liebt als sich selbst. Bei ihr müssen wir ansetzen."
„Und wie machen wir das?"
„Du lädst sie zu einer Rheinfahrt ein. Und horchst sie bei der Gelegenheit aus."
„Ich bin kein Frauenheld."
„Doch, Du weißt es noch nicht. Übung macht den Meister. Denken wir mal nach."
Hubert entdeckte die Vorzimmerdame Frau Schön am Samstag auf dem Wochenendmarkt. Sie trug einen Korb mit Obst und Gemüse und hatte sich gerade einen Strauß Rosen gekauft. Hubert stolperte, riss ihr den Korb aus den Händen und drückte sie gegen einen Blumenstand. Sie schrie auf, Hubert erhob sich, entschuldigte sich und sah das Malheur. Er sammelte beflissen die verstreute Ware auf, beglich den angerichteten Schaden bei der Blumenverkäuferin und stellte sich als Konstantin von Sternberg vor. Frau Schön mochte vierzig Jahre alt sein, sie strahlte eine schlichte und natürliche Anmut aus und wirkte so wesentlich jünger. Hubert entschuldigte sich vielmals, kaufte ihr siebzehn weiße Rosen und bestand darauf, sie nach Hause begleiten zu dürfen. Wie hätte sie auch allein zwei große Blumensträuße und einen Korb tragen können. Frau Schön fühlte sich geschmeichelt und nahm das Angebot gern an. Sie wohnte wenige Gehminuten vom Bonner Stadtzentrum entfernt, lud Herrn von Sternberg zu einer Tasse Kaffee bei sich ein und beide verstanden sich prächtig. Hubert schlug nach

einer Stunde für den morgigen Sonntag eine gemeinsame Rheinfahrt vor. Frau Schön war von Dr. Kloos wiederholt darauf hingewiesen worden, dass auch sie Geheimnisträgerin sei und deshalb Männerbekanntschaften mit Misstrauen und Vorsicht begegnen müsse. Sie überlegte kurz, dann sagte sie zu. Herr von Sternberg war ihrem Gefühl nach nicht der Typ eines Spions. Am Sonntag holte Hubert alias von Sternberg Frau Schön gegen zehn Uhr mit einem geliehenen Mercedes ab. Das Ziel der Reise nannte er nicht. Sie erreichten Boppard, unternahmen von dort eine Rheinfahrt nach St. Goar und zurück, besichtigten die Burg Rheinfels, genossen dort eine Weinprobe und kehrten gegen achtzehn Uhr nach Bonn zurück. Der Tag war zauberhaft durchflutet von zärtlichen Sonnenstrahlen, die Luft mild und balsamisch gesättigt, der Wind hauchte frisch und das Wasser des Rheins floss geruhsam und friedvoll dahin. Huberts Begleiterin war der Romantik dieser Stunden ganz hingegeben. In Bonn widerstand sie nicht seiner Einladung, in Jacobs Weinstuben zu speisen und ein Gläschen Wein zu trinken. Zum Abschluss des Tages bestellte er eine Flasche Champagner. Sie wehrte ab und trank dann doch. Schon auf der Rückfahrt gab sie offenherzig und freimütig vieles von sich preis. In der Weinstube erzählte sie von ihrer Familie, der Schulzeit, der Jugend und ihrer verflossenen Liebe. Sie lallte leicht, lachte viel, war gefühlsbewegt, wurde zutraulich. Er lenkte das Gespräch auf ihre Arbeit und sie fand kein Ende, mit gerötetem Gesicht Dr. Kloos zu verklären und anzuhimmeln. Er sei immer freundlich, immer ausgewogen. Über seine Lippen komme kein böses Wort. Er arbeite bis in die Nacht, trinke keinen Alkohol, sei unwahrscheinlich klug und belesen. Freizeit gönne er sich nicht, er schaue auch nicht nach Frauen. Und wie er im vertraulichen Gespräch selbst betone, eigentlich stünde ihm ein Ministeramt zu. Sie griff zu ihrem Glas und leerte es mit einem Zug. Hubert goss Champagner nach, sie wischte sich Tränen aus den Augenwinkeln.

„Oh, liebe Frau Schön, Sie lieben ihn?"

Sie legte eine Hand auf seinen Arm, er streichelte ihr übers Haar und war innerlich traurig, ihre Gefühle zu missbrauchen.

„Ja, ich liebe ihn und er merkt es nicht."

Sie schluchzte. Er gab nicht nach.

„Geht er niemals aus, hat er keine Freunde, keine Bekannten?"

„Doch, einmal oder zweimal in der Woche erhält er einen Anruf. Von einem Mann mit harter Stimme. Danach verlässt er nach kurzer Zeit das Ministerium."

„Was sagt die Stimme?"

„Ich habe nur einige Male versehentlich das Gespräch über Lautsprecher mit angehört, weil er meine Rufnummer nicht ausgeschaltet hatte. So komische Sachen. Die Oper fällt aus, das Auto ist defekt. Dabei besucht er doch nie die Oper. Er hat mich auch nie zum Theater oder zur Oper eingeladen."

Frau Schön weinte heftig, Hubert registrierte, dass sie betrunken war und drängte zum Aufbruch.

Hubert und Jessica beschlossen, Dr. Kloos verdeckt zu beobachten in der Hoffnung, ihn bei einem Treff mit dem telefonischen Unbekannten zu sehen. Es war ein einfältiger, aber wider alle Vernunft erfolgreicher Plan. Vom Restaurant Majordomus in der Graurheindorfer Straße war es möglich, den Eingang des Innenministeriums zu überwachen. Hubert und Jessica verbrachten abwechselnd ihre Zeit im Restaurant. Am zweiten Tag verließ der Staatssekretär in den Abendstunden mit einer braunen Aktenmappe das Gebäude und schlenderte zum Rhein. Hubert folgte ihm mit seinem Fahrrad, das er schob. Dr. Kloos fühlte sich offensichtlich sicher.

Am Rheinufer schaute er interessiert zu den dahin gleitenden Schiffen, spazierte gemächlich auf dem Damm und schien die untergehende Abendsonne zu genießen. Die Menschen, denen er begegnete, beachtete er nicht. Ein jüngerer, sportlich gekleideter Herr überholte ihn und ergriff beim Überholen die Mappe von Dr. Kloos. Dr. Kloos bückte sich, hob Steine auf, die er über das Wasser fletschte. Dann bummelte er gelassen den Weg zurück, den er gekommen war, so, als sei nichts geschehen. Der Unbekannte ging mit schnellen Schritten weiter. Hubert radelte ihm langsam hinterher, hielt des öfteren und wartete auf eine günstige Gelegenheit, sich der Mappe bemächtigen zu können. Als zwei Jogger angelaufen kamen und der Fremde ausweichen wollte, trat er kräftig in die Pedalen, touchierte den Fremden , schnappte die Mappe und sauste, ohne sich um zu drehen, davon. Er nahm noch wahr, dass man hinter ihm schrie. Völlig außer Atem betrat er seine Wohnung, in der Jessica bereits auf ihn wartete. Er schilderte ihr den Vorgang und entnahm der Kollegmappe Schriftstücke. Sie waren mit einem roten Stempel versehen, „streng geheim". Jessica warf einen Blick darauf. „Wir sind gefährdet. Er kann Strafanzeige stellen, das wird er nicht tun. Er wird uns jagen, im schlimmsten Fall töten, um an seine Papiere zu kommen. Ich kenne diese Leute, sie sind gewissenlos und gehen über Leichen. Er hat mit Sicherheit schon zur Jagd geblasen. Versuchen wir zu retten, was noch zu retten ist. Los komm!"

Sie schob die Blätter zurück in die Mappe, nahm sie an sich, zog Hubert mit sich und ging mit ihm im Laufschritt in die Stadt.

„Wir müssen Fotokopien anfertigen und sie sicher verwahren. Und dann zurück in Deine Wohnung, noch vor seinen Leuten. Sie dürfen dort finden, was sie suchen."

In einem Schreibwarengeschäft fotokopierten sie die geraubten Blätter zweimal, tüteten die Duplikate in zwei Kuverts und adressierten sie postlagernd an sich selbst. Sie eilten in sein Apartment zurück und erwarteten die Häscher. Die Mappe versteckten sie in einer Kommode unter Pullover und tranken Tee. Später als erwartet wurde heftig gegen die Wohnungstür geschlagen. Hubert öffnete, vier kräftige Männer zwängten sich in die Wohnung.

„Sind Sie Herr Hubert Kröne?"

„Ja, das bin ich."

„Mein Name ist Jenkovic, ich vertrete das Ordnungsamt und muss Sie mitnehmen. Sie haben mit Worten und Waffen Herrn Dr. Kloos bedroht, Sie sind eine gegenwärtige und konkrete Gefahr für sein Leben . Sie leiden an einer psychischen Störung, ich werde Sie in die Rheinische Landesklinik für Psychiatrie bringen. Dort wird man Ihre Krankheit behandeln. Ich darf Ihnen den Unterbringungsbeschluss des Gerichts aushändigen. Ich möchte keinen unmittelbaren Zwang anwenden, folgen Sie mir also bitte freiwillig. Ihre Partnerin wird diesen beiden Herren – er wies mit der Hand auf sie – bei der Durchsuchung Ihrer Wohnung behilflich sein. Nach Angaben von Dr. Kloos besitzen Sie Handfeuerwaffen. Wir müssen sie sicher stellen."

Hubert ließ sich widerstandslos zum Rettungswagen begleiten und in die psychiatrische Klinik fahren. Jessica trank ihren Tee weiter und verfolgte aufmerksam, wie die zwei Herren die Schränke durchwühlten, die Kollegmappe fanden, sie mit sichtlicher Erleichterung an sich nahmen und sich mit den Worten verabschiedeten:

„Es ist soweit alles in Ordnung, wir bedauern die Störung."

Hubert wurde vom Aufnahmearzt der Klinik freundlich aufgenommen, körperlich orientierend untersucht und auf eine Station der Allgemeinen Psychiatrie eingewiesen. Die Pfleger erklärten ihm, dass er die erste Nacht aus Sicherheitsgründen im Beobachtungszimmer schlafe. Er erhielt ein Nachthemd, seine Kleidung wurde andernorts deponiert. Hubert hatte einen erholsamen und traumlosen Schlaf. Er wurde relativ früh geweckt, erhielt seine Kleidung zurück und frühstückte mit neugierigen Patienten. Welchen Beruf er habe, wo er wohne, ob er verheiratet sei. Sie boten ihm Zigaretten an, reichten ihm die Kaffeekanne, zeigten ihm alle Örtlichkeiten der Station. Hubert verlor sehr schnell seine anfängliche Befangenheit den psychisch Kranken gegenüber. Das sehr ausführliche Aufnahmegespräch fand bei einem sehr jungen Psychologen statt, der sich alle Mühe gab, Kompetenz und Autorität auszustrahlen, zugleich aber auch Empathie und Verständnis zu vermitteln. Er erhob die Lebensdaten von Hubert und ließ sich seinen Lebensweg ausführlich berichten. Die Ereignisse um die Fluchthilfe verschwieg Hubert. Er räumte aber ein, den Staatssekretär telefonisch beschimpft und sogar gedroht zu haben, ihn aufzusuchen. Der ihm flüchtig bekannte Dr. Kloos hätte ihm zuvor eine Gefälligkeit abgelehnt, was ihn in Rage gebracht habe.

Bei der Visite wägte der Chefarzt ab. Bei so viel Selbstdistanzierung und Einsicht lägen eigentlich die Voraussetzungen der Zwangsunterbringung bei Hubert nicht vor. Er ließ den Unterbringungsbeschluss aufheben. Hubert bat, noch einige Tage in der Klinik bleiben zu dürfen, um zu innerer Ausgeglichenheit zurück zu finden. Der Chefarzt willigte ein. Hubert erhielt ein Einzelzimmer, bekam Einzel- und Gruppengespräche, Sport und Musiktherapie verordnet. Jessica besuchte ihn, sie durfte mit ihm stundenweise die Klinik verlassen. Beide waren sich einig, dass es in der Sache Dr. Kloos um Spionage ging und Hubert in der Klinik Schutz genoss. Sie fragten sich, was nun zu tun sei. Sie fürchteten den Einfluss und die Machtfülle des Staatssekretärs, bedachten ihre schwachen Beweise und zogen die Unberechenbarkeit der deutschen Rechtsinstanzen in Betracht. Sie entschlossen sich, dem Zufall zu vertrauen und weiter zu recherchieren.

Am dritten Tag seines Klinikaufenthalts wurde Hubert von der Musiktherapie zur Station gerufen und in das Besuchszimmer gebeten. Er erschrak. Vor ihm saß der Staatssekretär Dr. Kloos. Befürchtungen stieben ungeordnet durch Huberts Kopf. Sollte er erpresst, bestochen, überredet, umgedreht werden? Dr. Kloos ergriff als erster das Wort und leitete damit ein Katz- und Mausspiel mit ungewissem Ausgang ein. Hubert wusste, dass er einen durchtriebenen Gauner vor sich hatte. Er verglich sein Gesicht mit dem einer Katze, die auf der Lauer liegt und ein kleines Mäuschen fangen will.

„Oh, mein lieber Herr Kröne, es bewegt mich schmerzlich, Sie hier in der Klinik wieder zu treffen. Und das alles aufgrund eines Versehens. Als Sie mich in meinem Büro aufsuchten, habe ich Sie nicht erkannt. Und als Sie mich anriefen, fühlte ich mich bedroht. Wir Politiker sind ja ständigen Anfeindungen ausgesetzt und man weiß ja nie. Ich habe dann Ihre Einweisung veranlasst. Aus Vorsicht. Erst nachträglich erinnerte ich mich an Sie. Entschuldigen Sie vielmals, bitte, nehmen Sie meine Entschuldigung an. Deswegen bin ich auch hier."

„Nein, hochverehrter Herr Staatssekretär, ich muss mich bei Ihnen entschuldigen. Ihre brüske Absage hatte mich völlig aus der Fassung gebracht und dann habe ich leider am Telefon so unbesonnen reagiert. Ich bitte um Ihre Nachsicht."

„Mein lieber Freund, auch ich bin zuweilen unbeherrscht und impulsiv. Da vergaloppiert man sich schnell. Es ist menschlich, allzu menschlich. Darf ich fragen, wie es Ihnen geht? Ich habe mir große Sorgen um Sie gemacht."

„Danke für Ihre Fürsorge. Mir geht es gut. Ich werde hier hervorragend versorgt, die Gespräche helfen mir, mich selbst wahrzunehmen und Lösungen für meine Probleme zu finden."

Die wässrigen Augen von Dr. Kloos ruhten forschend auf Hubert. Er verließ die belanglosen Themen und kam zielstrebig auf das Eigentliche zu sprechen.

„Worüber unterhalten Sie sich mit Ihrem Therapeuten?"

„Über meine Kindheit, über zerplatzte Lebensträume, über meine jetzige Liebe, über die Ungerechtigkeiten des Daseins."

„Sie haben Ungerechtigkeit erfahren?"

„Eigentlich nicht. Mit meinem Therapeuten habe ich erarbeitet, dass Gerechtigkeit sich darin manifestiert, dass die Bedingungen seines zukünftigen Lebens von jedem Menschen selbst geschaffen werden. Was wir erleiden, haben wir uns letztlich selbst zuzuschreiben. Es ist für mich eine neue Erkenntnis, eine neue Sichtweise."

Dr. Kloos widersprach heftig.

„Nein, nein, da bin ich ganz anderer Meinung. Meine

Frau hat mich betrogen – wie soll ich da mitgewirkt haben?"

„Vielleicht fühlte sie sich vernachlässigt?"

„Ich habe alles für sie getan. Für sie und für die Partei. Das wusste sie. Wenn ich auswärtige Termine hatte, schrieb ich ihr Liebesbriefe und Gedichte. Sie war darüber glücklich und hat mich doch verlassen. Sie nahm sich einen anderen Mann und ich blieb allein zurück. Das brachte mir auch eine neue Sichtweise. Man darf keinem Menschen vertrauen."

„Und die Freunde aus der Partei?"

„Ich habe meine ganze Kraft, mein Wissen und mein Können immer der Partei gewidmet. Schon als Oberschüler und Student ging ich auf in der Jugendarbeit, verzichtete auf Freizeit und Vergnügen. Nach dem Studium wurde ich für wenig Geld von der Partei hauptamtlich angestellt, war unermüdlich aktiv in der Stadt, dann im Land und dann im Bund. Parteifreunde? Nein, so etwas gibt es nicht. Die Genossen kennen nur den Futterneid und zerfleischen sich gegenseitig wie wilde Tiere. Ich hatte Neider, ich beachtete sie zunächst nicht, denn sie waren verblödet, außerstande, logisch zu denken und komplexe Sachverhalte zu erfassen. Man warf mir Knüppel zwischen die Beine, wo man konnte und speiste mich mit Brosamen ab. Ich beschwerte mich nicht, schluckte alle Kränkungen und kämpfte mit hartnäckiger Verbissenheit für die Sache der Partei weiter. Ich stieg zwar in der Hierarchie der Partei auf, aber die Wichtigtuer, die Dummschwätzer, die Säufer und die

Hurenböcke erklommen stets vor mir die nächst höhere Stufe."

„Mein Gott, was müssen Sie durchgestanden haben!"

Dr. Kloos beugte sich vor. Über sein Gesicht huschte ein Schatten von Beunruhigung, er wirkte plötzlich ausgelaugt und verkrampft, rieb nervös mit dem rechten Zeigefinger die Nase und fuhr im Flüsterton fort.

„Sie haben alle Kniffe und Schliche angewendet, um mich von Aufstieg, Einfluss und Macht fernzuhalten. Es gelang ihnen nicht. Daraufhin begannen sie, mich zu überwachen und zu belauern, um mir Fehler oder gar Fehltritte nachweisen zu können. Als sie auch damit keinen Erfolg hatten, fingen meine Feinde an, üble Gerüchte über mich zu verbreiten. Dann errang meine Partei die Regierungsmehrheit. Es war ausgemachte Sache, dass ich zum Minister berufen würde. Ich war Mitglied des Parteivorstands und seit Jahren Mitglied des Schattenkabinetts. Nein, ich wurde zum Staatssekretär ernannt, ein unerfahrener Grünschnabel erhielt das mir zugedachte Ministerium. Ich empfand Wut und Hass, vermischt mit Verachtung und Abscheu vor diesem Gesindel. Ich begriff, dass wir eine Trümmerwelt hinterlassen werden, wenn nicht mit segnender Kraft die Teile zu einem Ganzen zusammengefügt werden."

Der Kloos rückte mit seinem Stuhl näher an Hubert. Der Staatssekretär war verschwitzt und leichenfahl im Gesicht.

„Sie sind ein verständiger Mensch, zwar noch jung an Jahren und doch lebenserfahren. Ich vertraue Ihnen

Ungeheures an."
Hubert wurde von tiefem Mitleid erfasst. In ihm stieg der Verdacht auf, dass sein Gesprächspartner wahnhaft gestört sein könnte.
„Sprechen Sie, wenn es Sie erleichtert!"
„Es wurde für mich unerträglich, wenn Genossen auf Versammlungen oder bei Besprechungen hinter meinem Rücken tuschelten. Sie stellten mich als dumm hin, nannten mich Miststück, Hurensohn, Vaterlandsverräter. Ich habe es deutlich gehört. Sie flüsterten, raunten und zischelten versteckt hinter Gardinen, aus Gebüschen und aus Autos und glaubten wohl, ich würde es nicht bemerken."
„Vaterlandsverräter?"
„Ja, in meiner Not hatte ich mich Nikolai Abramov, dem Sekretär des russischen Botschafters, anvertraut. Er war der einzige Mensch, der mir geduldig zuhörte und mich verstand. Er hat in Russland Ähnliches wie ich erlebt. Die menschliche Bosheit in perfekter Vollkommenheit. Wir haben uns öfter am Rheinufer getroffen und uns stundenlang unterhalten. Er bat mich eines Tages um kleine Gefälligkeiten, ich habe sie ihm erfüllt. Er wollte Informationen über Parteiinterna, Charaktereigenschaften von Politikern, Verhandlungsstrategien der Regierung und so. Ich lieferte und das war meine Rache. Ich empfand dabei tiefe Genugtuung. Die hinterlistigen Umtriebe meiner Neider wurden mir gleichgültig, ihr verschlagenes Doppelspiel berührte mich nicht mehr. Ich war ihnen überlegen und unangreifbar geworden. Alle

Fäden der internationalen Politik liefen von nun an bei mir zusammen. Ich war zum geheimen Gestalter und Lenker des Weltgeschehens aufgestiegen. Und keiner ahnte, dass ich der Erwählte war, die geteilte Welt wieder zusammen zu fügen. Beim letzten Clou wollte ich den in Russland wegen Spionage verurteilten Prof. Podgorny gegen drei für Russland arbeitende und in Amerika verurteilte Spione austauschen. Meine Freunde in Moskau hatten mich darum sehr eindringlich gebeten. Der Professor ist Jude und hatte einen Auswanderungsantrag nach Israel gestellt. Den Moskauern war bekannt, dass hinter dem Professor eine mächtige und einflussreiche jüdische Lobby steht, die zu Opfern bereit war. Der KGB konnte deshalb einen einseitigen Handel erzwingen. Dieses Vorhaben habe ich gegen den Willen der deutschen Regierung mit geheimer Unterstützung des CIA arrangiert. Die Vereinbarung zum Agentenaustausch war bis ins letzte Detail ausgehandelt und vorbereitet, da beschlossen im letzten Augenblick die Amis, als sie den Beschiss merkten, ihrerseits die Russen zu bescheißen und Podgorny auf illegalen Wegen in den Westen zu holen. Mir blieb nichts anderes übrig als mitzumischen. Pro Forma verpflichtete ich mich, den besten Agenten, den wir haben, für diese Aufgabe frei zu stellen. Tatsächlich kostete es mich unendliche Mühe, einen unfähigen, überheblichen und tumben Mann dafür aufzuspüren. Ich habe lange gesucht und Sie entdeckt. Es war ein wahrer Glücksfall, so viel Dummheit angehäuft in einer Person zu finden. Deshalb war ich überzeugt, dass Sie bei diesem Unternehmen scheitern werden, denn der Mensch sollte immer bei dem bleiben, was er einmal begonnen hat. Und nun haben die Amis zu meinem Schaden Sie gegen vier Spione ausgetauscht, weil ich ihnen souffliert hatte, Sie seien ein unersetzlicher und hochqualifizierter Spitzenagent unserer Republik. Welch ein Irrsinn, welch ein Witz, wo Sie doch besser in Sibirien aufgehoben wären."

Hubert schwieg betreten. Bislang war er von sich überzeugt und hatte ein anderes Selbstbild gepflegt. Dr. Kloos erhob sich, trat ans Fenster und schaute versonnen in den Park der Klinik. Er wendete sich um und fragte für Hubert völlig überraschend mit veränderter und eisiger Stimme:

„Haben Sie noch die Papiere, die Sie Abramov entrissen haben?"

Hubert war über die plötzliche Wendung des Gesprächs irritiert.

„Nein, Ihre Männer haben sich doch die Mappe aus meiner Wohnung geholt."

„Ich biete ihnen viel Geld dafür, viel Geld."

„Danke, ich bin nicht bestechlich."

„Mein Einfluss ist groß. Fahren Sie mit Ihrer Freundin in die DDR zurück, es winkt die Stellung eines Chefredakteurs."

„Lassen Sie es gut sein, wollen Sie mich etwa in einem Arbeitslager in Sibirien verschwinden lassen?"

„Es findet sich auch in der BRD eine hochdotierte Leitungsfunktion in der Wirtschaft für Sie, ganz nach

Ihrem Geschmack."
"Nein, nein und nochmals nein. Sie können mich nicht ködern!"
„Auch nicht mit einem Posten als Chefredakteur?"
„Auch nicht."
„Herr Kröne, ich bitte Sie. Ich vermute, nein, ich weiß, dass Sie Fotokopien angefertigt haben. Ich bin Ihnen ausgeliefert, wenn Sie mir die Schriftstücke nicht zurück geben. Wollen Sie mich auch vernichten? Die Parteifreunde haben es nicht geschafft und ausgerechnet Sie....."
Hubert bemühte sich, kühl und überzeugend zu sein und erwiderte mit scheinbarem Gleichmut:
„Ich bedaure, dass Sie mir nicht glauben. Diese Geheimpapiere habe ich nicht gelesen und besitze sie nicht. Sie interessieren mich auch nicht."
Dr. Kloos kämpfte mit sich. Er ging im Zimmer auf und ab, atmete schwer und verknotete seine Hände. Blieb stehen, stampfte mit den Beinen auf den Boden und zischte mit Zorn gerötetem Gesicht:
„Sie lügen, Sie lügen und Sie werden Ihre Lüge bitter bereuen und teuer bezahlen. Wir sehen uns wieder."
Der unversehens verwandelte Staatssekretär hastete aus dem Besucherraum und ließ Hubert verdattert zurück. Der realisierte, wie gemeingefährlich dieser Mann ist, der offenbar zwischen Wahn und Wirklichkeit changiert. Er bat um seine Entlassung aus der Klinik, rief Jessica an und verlangte gebieterisch, dass sie umgehend die Sachen für eine gemeinsame lange Reise packe und ihn

mit dem Auto von der Klinik abhole. Sie solle sich sputen, Näheres erfahre sie später. Er verabschiedete sich von der Station und wartete ungeduldig vor der Klinik auf Jessica. Sie kam nach dreißig Minuten mit ihrem Käfer angefahren. Er stieg ein. Sie fragte:
„Wohin?"
„In die Schweiz."
„Mein Gott, was ist passiert."
„Dr. Kloos war bei mir. Er wollte die Papiere. Er hat wohl seit einiger Zeit den Russen Geheimunterlagen zugespielt. Er ist ein russischer Agent. Ich habe behauptet, dass wir nicht mehr im Besitz der geraubten Dossiers sind, auch keine Ablichtungen davon haben. Er hat es mir nicht abgenommen und gedroht. Ich habe ihn verstanden. Es geht für ihn um Leben oder Tod und für uns auch. Er hat keine andere Wahl und ist zu allem bereit und fähig."
„Und nun fahren wir in die Schweiz?"
„Ich weiß nichts Besseres. Dort sind wir vielleicht sicher."
„Und die Papiere, willst Du eine Story daraus machen, einen Skandal? Willst Du ihn enttarnen?"
„Jessica, Liebste, in meinem Kopf dreht sich alles. Seit meiner Flucht lebe ich nur noch von einem Tag zum anderen und habe alle Lebensorientierung verloren. Ich frage mich, ob der Wert aller Dinge nicht darin beruht, dass sie falsch und verlogen sind. So verrückt erscheint mir die Welt. Mir fehlt ein Ziel und die Antwort auf das warum."

„Wie Du immer sprichst. Dabei ist doch alles so einfach. Wir lieben uns und sind für einander da. Das Leben ist auf die Voraussetzung eines Glaubens an Dauerndes und Verlässliches gegründet. Das haben wir und keiner kann es uns nehmen."

„Schatz, wenn ich Dich nicht hätte. Ich würde mich auf der Suche nach der Wahrheit verlieren, anstatt mich im Dienste des Lebens zu bewähren."

Jessica hatte den Weg zur Schweiz rechtsrheinisch auf Bundesstraßen gewählt. Es dunkelte bereits und das Gespräch hatte Hubert abgehalten, auf den Straßenverkehr zu achten. Jetzt fiel ihm ihr Fahrverhalten auf.

„Jessica, wie fährst Du? Mal langsam, mal schnell. Wollen wir bei nächster Gelegenheit halten? Bist Du müde?"

„Nein, uns folgt ein massiger Landrover. Pass auf!"

Sie hielt, der Landrover hielt ebenfalls. Sie fuhr mit hoher Geschwindigkeit, der Landrover ließ sich nicht abschütteln.

„Hubert, was soll ich machen?"

„Ruhig weiter fahren, nur nicht panisch werden! Wir sind ja schließlich nicht in Amerika."

Sie legten eine weite Strecke zurück, stellten beunruhigt fest, dass kaum Autos verkehrten und gelangten auf einen geraden Straßenabschnitt. Der Landrover setzte zum Überholen an und stieß auf gleicher Fahrhöhe gezielt und wuchtig gegen den Vorderteil des Käfers. Jessica schrie gellend auf, riss das Steuer nach rechts und fuhr einen abschüssigen Hang hinunter. Das Auto überschlug

sich mehrmals und kam auf die linke Seite zu liegen. Hubert begriff zunächst nichts. Er verspürte einen Stoß, der ihn in die Höhe riss. Die Erde drehte sich um ihn, er spürte es, ohne etwas zu sehen. Glas splitterte, krachende Geräusche umfingen ihn. Ihm wurde schwarz vor Augen. Nach einiger Zeit kam er zu sich. Er versuchte, noch benommen, die Tür zu öffnen. Sie war eingeklemmt. Er hörte das leise Stöhnen von Jessica, merkte, dass er seitlich auf ihr lag. Er rief sie an:
„Jessica, Jessica, hörst Du mich?"
Sie antwortete und er atmete befreit auf.
„Die Schweine haben uns touchiert. Es war ein Anschlag auf unser Leben."
„Hast Du Schmerzen, kannst Du Dich bewegen, blutest Du?"
„Ich glaube, ich bin in Ordnung. Nur Du erdrückst mich fast. Wie geht es Dir?"
„Ich bin okay. Ich kann die Tür nicht öffnen. Wir müssen auf Hilfe warten."
Hubert konnte durch die Frontscheibe den Himmel sehen. Der Mond glänzte golden in voller Pracht und erhellte sein Verlies ein wenig. Ihn fröstelte. Er hörte das Glucksen des auslaufenden Benzins. Er fürchtete, das Auto könnte explodieren. Angst knebelte ihn. Er ertrug sie ohne zu klagen und dachte über sich nach. Ihm wurde bewusst, wie sehr er das Leben liebte. Nichts war ihm in den Schoß gefallen, er hatte sich alles erkämpfen müssen. Hatte er Unerreichbares gefordert? Sein Leben schien ihm rückblickend verworren, er wollte es entwirren und

konnte es nicht. Er hatte seinen Lebensweg doch einlinig entworfen. Was war geschehen, woran lag es, dass er in ein klares, helles Wasser gestiegen war, es mit jedem Schritt trübte, bis es undurchsichtig und schmutzig wurde. Und er sich am Ende in einem nächtigen Labyrinth wiederfand, durch das er sich durch viele Gänge getastet hatte, statt des lichten Ausgangs aber nur auf Mauern gestoßen war. Um seine Gedankensplitter legte sich ein undurchdringlicher Schleier, der ihn ratlos machte. Er wollte sein Leben begreifen, hier und jetzt, und begriff nur, dass es ständig nicht fassbarer Bedrohung ausgesetzt war, der er nie zu entfliehen vermochte. Die eigene Existenz schien ihm auch jetzt von jenen Mächten gefährdet, die ihm Hoffnungen gestohlen und sein Leben verschattet hatten. Zukünftig wollte er anders leben und sich ändern, aber wie. Selbstquälerisch mühte er sich, eine befreiende Inspiration herbei zu zwingen und kreiste gedanklich doch nur um die banale und doch alles entscheidende Frage, die sich in ihm zwanghaft wiederholte: Werde ich überleben, werde ich überleben? Und wenn nicht – wohin geht die Reise, wohin?

Jessica berührte seine Hand. Er griff fest zu, sie erwiderte seinen Händedruck. Beide blieben stumm und ließen einander nicht mehr los. Eingeschlossen, beengt und wehrlos den Umständen ausgeliefert, erfuhren sie in größter Not den wirksamsten Trost, den das Leben zu geben vermag. Sie hausten in einer winzigen, verletzlichen Monade und fühlten sich doch von den emotionalen Wogen der Verbundenheit sicher getragen.

Sie hatten sich, nur sich, bereit, gemeinsam das für sie Bestimmte anzunehmen, was auch immer geschehe. Er schloss die Augen und fand zu innerer Ruhe. Er lauschte in sich hinein und unvermittelt wurden ihm die Augen geöffnet und er wusste mit unwiderlegbarer Gewissheit: Es ist die unverbrüchliche Liebe, die uns trägt, Halt gibt und konkreten Lebenssinn. Ja, er liebte Jessica wirklich. Ohne Maskerade.

Irgendwann erklangen Stimmen von Menschen, die rechte Autotür wurde aufgebrochen und das Pärchen aus seiner Notlage befreit.

Etwa zu gleicher Zeit hatte sich auf derselben Bundesstraße ein weiterer Unfall ereignet. Ein Landrover war mit vermutlich überhöhter Geschwindigkeit in einer Linkskurve gegen einen Baum gerast. Der Fahrer, ein gewisser Staatssekretär Dr. Kloos, verstarb noch am Unfallort. In seinem Auto konnte eine Mappe mit regierungsamtlichen Geheimpapieren sicher gestellt werden. Regierung und Partei würdigten im Nachruf „Er war einer von uns" seine Verdienste um Volk und Vaterland und versprachen, ihm ein ehrenvolles Angedenken zu bewahren und sein in die Zukunft weisendes Wirken fortzuführen.

Bisher sind vom Autor erschienen:

Siegfried Binder
Legenden um die Liebe
2014 Verlag:edition Fischer
ISBN 978-3-86455-928-0
Euro 9,80
„Der etwas kitschige Titel sollte den Leser nicht in die Irre führen, allzu romantisch geht es in dem Buch nicht zu. Es geht mehr um die Abgründe der Liebe und die Sexualität, etwa um Menschen, die im Wahn morden oder weil sie das, was ihnen angetan wurde, nicht länger ertragen können. Krimis sind es dennoch nicht, eher Portraits von Menschen in psychischen Extremsituationen."
(Der Patriot)

Siegfried Binder
Leidenschaft schafft Leiden
2015 Verlag: BoD, Norderstedt
ISBN 3-734-761-3oo
Euro 9,8o
„Ob der extrem emotional reagierende Jurist, der ehemalige KZ-Häftling der seine Enkelin zur Abtreibung ihres Babys begleitet, der Sterbenskranke der seine eigene Euthanasie überlebt, oder der Ehemann der nach einem misslungenen Versuch seine demenzkranke Frau und sich selbst umzubringen wieder halbwegs glücklich wird, realistisch sind, das sei dahingestellt.
Doch sie sind alle Gestalten, die auf seltsame Art lebendig und abstrakt zugleich wirken. Deren merkwürdiges Schicksal aber doch einen Sinn ergibt und Gegenwartsbezug hat."
(Der Patriot)

Siegfried Binder
Bilki- Geschichten von dem afrikanischen Mädchen Bilki
2015 Verlag: BoD, Norderstedt
ISBN 978-3-738-627-640
Euro 8,99

„Dieses Kinderbuch mit Kurzgeschichten über die Abenteuer der kleinen Bilki erzählt über die verschiedenen Werte des Lebens. Bilki trifft auf Löwen, Giraffen, Grillen, Bienen und lernt aus der Tierwelt wie wichtig Hilfsbereitschaft und Zusammenhalt sind. Kleine Bilder untermalen die Geschichten. Ein wunderbares Buch zum vorlesen und lesen lassen..."
(Dr. Holzenleiter-Weise)

Siegfried Binder
Judiths Tränen
Novelle
2016 Verlag: BoD, Norderstedt
ISBN 978 374 1226915
Euro 6,99

„Die Erzählung musste ich erst einmal weglegen, weil die Beschreibung der Menschen und die Beschreibung ihres Verhaltens und Handelns sehr nah, ja, manchmal zu nah, an Bilder gerückt ist, die ich selbst in mir trage."
(Prof. Dr. Dabagh)

Siegfried Binder
Wege durch die Finsternis
2016 Verlag: BoD Norderstedt
ISBN 978- 3-7392-3900-2
Euro 9,80

„Ich habe diese Buch erworben und war wirklich beeindruckt von der lebendigen Sprache, dem Spannungsbogen, der Ausdruckskraft und der Themenauswahl."
(Literarische Blätter)